Juri Andruchowytsch
Andrzej Stasiuk
Mein Europa

Zwei Essays
über das sogenannte Mitteleuropa

Aus dem Ukrainischen
von Sofia Onufriv
und aus dem Polnischen
von Martin Pollack

Suhrkamp

Die Originalausgabe erschien 2000 u. d. T. *Moja Evropa. Dwa eseje o Evropie zwanej Środkowa* bei Czarne, Wołowiec.
Der ukrainische Originaltitel von Juri Andruchowytschs Beitrag lautet: *Central'no-schidna revizija*, der polnische Originaltitel von Andrzej Stasiuks Beitrag: *Dziennik okrętowy.*

Die Übersetzung wurde gefördert vom Literarischen Colloquium Berlin mit Mitteln des Auswärtigen Amtes und der Senatsverwaltung für Wissenschaft, Forschung und Kultur Berlin.

edition suhrkamp 2370
Erste Auflage 2004

Deutsche Erstausgabe

Satz: Jung Crossmedia Publishing, Lahnau
Druck: Nomos Verlagsgesellschaft, Baden-Baden
Umschlag gestaltet nach einem Konzept von Willy Fleckhaus: Rolf Staudt
Printed in Germany
ISBN 3-518-12370-x

1 2 3 4 5 6 – 09 08 07 06 05 04

Juri Andruchowytsch
Mittelöstliches Memento

Foto: Ekko von Schwichow

Der Mensch stirbt, aber sein Skelett lebt ewig.

Gabriel, 4 Jahre

(1. Todesanzeige)

Seit meiner Kindheit ziehen mich Ruinen an, könnte ich mit Danilo Kiš sagen. Seit meiner Kindheit ziehen mich Ruinen an, diese eigenartige Fährte, dieser sonderbare Garten des vergangenen Daseins. Ich will das nicht auf extreme metaphysische oder romantische Neigungen meinerseits zurückführen. Möglicherweise liegt es bloß am Geruch und nicht am *Geist.* Fäulnis und Feuchtigkeit, unablässig vibrierende Physiologie. Alte Mauern, morsche Balken, halb verkohlte Dinge atmen auf eine nur ihnen eignende Weise – oder bin ich Toxikomane?

Gott sei Dank ist die Landschaft meines Teils der Welt mit entsprechenden Objekten ausreichend versorgt. Schiefe alte Häuser, ganze Viertel in den Fallen der Altstadt, verfallene, heruntergekommene, von Schimmelpilz- und Uringestank durchtränkte Hinterhöfe, mit ewigem Herbstlaub ausgelegte Treppenhäuser; es kommt vor, daß dort immer noch Säufer hausen, ganze Säuferkommunen mit ihrem realen internen Kommunismus. Es kommt auch vor, daß sie von dort vertrieben werden, eine legalisierte Bourgeoisie kauft in aller Eile die Immobilie auf, erobert ein Territorium, der Klassenkampf geht weiter, die ursprüngliche Akkumulation des Kapitals auch, das (nach Marx) anachronistische Leben nimmt neue postmoderne Formen an, doch Ruinen bleiben Ruinen.

In dieser kleinstädtischen Welt der Häuser und Hinterhöfe bin ich aufgewachsen, zwischen Veranden und Mansarden, die vor gut hundert Jahren modern waren. Ja, genau vor hundert Jahren – es handelt sich ja um das vorige *fin de siècle*, um die Zeitenwende, die man in der Provinz gemeinhin als nicht so dämonisch empfand wie etwa in Wien. Zur Zeit meiner Geburt lag diese Welt schon größtenteils in Trümmern, somit kann ich mich nicht an das Ganze erinnern, ich erinnere mich aber noch gut an jene seltsam gebeugten alten Männer und Frauen, die im galizischen Dialekt fluchten und lateinische Sprüche aus dem Gymnasium auswendig hersagen konnten und sich noch in den Jahren Chruschtschows und der *Beatles* so kleideten, als wären sie gerade aus der Tür getreten, um den Erzherzog Franz Ferdinand zu begrüßen. (Wie sie es geschafft haben, diese Kleider völlig unbeschädigt aufzubewahren – das ist die Frage! Trotz all der »Säuberungen«, Durchsuchungen, Deportationen, Verstaatlichungen? Oder haben sie sich jahrzehntelang gar nicht erst ausgezogen? Haben sie in ihren Kleidern geschlafen, jederzeit auf die nächtliche Verhaftung gefaßt?)

Ihr Altersgeruch haftet mir im Gedächtnis; nichts Außergewöhnliches, einfach der Geruch eines alten Körpers. Er ist anders. Im Laufe der Jahre sammeln sich im Menschen Müdigkeit, Krankheit und Verdruß, daher dieser besondere Geruch, ein Symptom des Verfalls.

Ihre Andersartigkeit zeigte sich in allem; schon in meiner Kindheit kamen sie mir vor wie Marsianer, sie wurden von Sklerose, Migränen, Manien gequält. Ihr schlechtes Russisch hat sie unweigerlich verraten. Oder auch ihre totale gesellschaftliche Desorientiertheit, sie fanden sich überhaupt nicht zurecht im damaligen Alltag, dauernd standen sie auf dem Schlauch.

Es schien, als hätten sie sich in einem Geheimbund zusammengeschlossen, so einem esoterischen kaiserlich-königlichen Klub »Bruno Schulz«, obgleich ihre Konspiration viel zu auffällig war, sie kam so offen und hilflos daher und erwies sich als völlig dysfunktional, genau wie ihre lateinischen Sprüche. Als Kind liebte ich es, sie zu belauern, ihre Vogelmimik zu beobachten. Oder ihre Art zu sprechen nachzuäffen, all diese Tonverzerrungen, phonetischen Verrenkungen, lexikalischen Kuriosa. Ich mochte sie nicht besonders, wahrscheinlich, weil ich spürte, wie der Tod in ihrem Organismus überhand nahm; das stieß mich ab. Später tauchten sie in meinen Alpträumen auf, mit Säcken und Stöcken, mit ihrem Altersgeruch.

Doch jetzt habe ich mich zu sehr von diesen Gespenstern hinreißen lassen. Denn natürlich beschränkt sich meine Liebe zu den Ruinen nicht auf die Altstadt.

(2. Konkrete Poesie)

In einem regnerischen Sommer vor vielen Jahren wanderte ich mit Freunden durch die Weinberge, auf der Suche nach alten, verfallenen Burgen. Wir waren Studenten und wollten alles vom Leben: Eindrücke, Freundschaft, Sex, Wein, Musik. Da wir nicht besonders viel Geld bei uns hatten (und kaum welches besaßen), gaben wir einander alles weiter: den Wein, die Musik. Wir ahnten, daß die Jugend im Westen schon vor einem Jahrzehnt etwas Ähnliches versucht hatte, was anscheinend nur zu neuerlichen Enttäuschungen und klinischen Störungen führte, aber der Westen – was war für uns damals schon der Westen? Gelegentlich gab er uns irgendwelche Tonsignale in Gestalt von hereingeschmuggelter Musik. Ansonsten existierte er so gut wie nicht, höchstens als geistreiche Erfindung eines unserer manichäischen Ideologen, als eine Art Anti-Welt, eine verkehrte Welt aus dem abendlichen Fernsehprogramm, *the dark side of the moon*.

So blieben wir auf unsere eigenen Wanderungen angewiesen, auf die Spurensuche in den Burgruinen diesseits der Grenze. Wir hofften, zumindest ein Fragment, eine zarte Anspielung zu finden, die ein bißchen Ferne evozierte, ein bißchen Italien-Frankreich-Deutschland. Doch nein, das war es nicht, es ging eher darum, eine Ahnung von der Fülle des Daseins zu bekommen; davon, daß es eine sichtbare und eine unsichtbare Seite gibt und daß letztere fundamental und entscheidend ist. Etwas später habe ich bei Rilke von den Bienen des Unsichtbaren gelesen, die einen unsichtbaren Honig sammeln; sagen wir also, daß wir in diesem verregneten Sommer Honigsammler waren.

Ruinen, vor allem Burgruinen, schienen diese »Ferne« in sich zu tragen, Botschaften von der Fülle des Daseins. Burgruinen waren Fragmente einer untergegangenen, vormals vollkommenen Welt. Es gab sogar ein Schloß der Tempelritter, den am weitesten östlich gelegenen Rosengarten der Troubadoure in Europa. Bei den einheimischen Bauern besorgten wir uns billigen Hauswein (es gab immer nur entweder roten oder weißen) und tranken ihn irgendwo in den von Kletten und Lilien überwucherten Ruinen, der Geruch der allgegenwärtigen Burgexkremente mischte sich mit tausend anderen sommerlichen Düften (für ein vollständiges Verzeichnis der Pflanzen vergleiche die botanischen Führer aus der Zeit vor hundert Jahren, doch keinesfalls später). Auch der Wein schmeckte am besten, wenn man roten und weißen zusammenkippte. Die Regengüsse hörten so plötzlich auf, wie sie eingesetzt hatten, und wir bestellten uns ein Schauspiel: einen Schwalbenflug, den Auftritt nasser Hunde, einen Regenbogen, und alles wurde sofort serviert, inklusive Regenbogen; wir beobachteten das Ganze durch die Schießscharten und Fenster, von den Festungsmauern herab, aus den Toren und Gräben. Ja, doch, mit zwanzig gelingen einem noch solche flüchtigen Kunststücke.

Zweifellos hatten unsere Wanderungen, Übernachtungen, die klapprigen Busse, die Dörfer in der Vorbergzone mit ihren fremden Dialekten (eigentlich waren ja wir die Fremden und wurden auch sofort als solche entlarvt) etwas Flüchtiges, etwas zwischen Comic und einem Buch naiver Weisheiten.

Und dann der Wein der Ruinen.

Aber doch eher Comic. Oder eine Jugendserie im Fernsehen, die ersten Küsse. Doch, ich habe es erlebt, ich war dabei. Und fühlte mich wohl. So wohl, daß ich sogar jetzt am liebsten dort hängenbleiben würde, irgendwo auf Seite 13, Absatz 1, um nirgends mehr hingehen, nichts mehr zu Ende schreiben zu müssen, den Fluß anhalten zu können. Ich könnte doch einfach bleiben, ich würde gern stehenbleiben und erstarren, dort in den alten Schießscharten, unter Schwalben und Regenbogen. (Jemand hat uns einmal den »Tod des Autors« verkündet. Hier eine Abart davon: die Euthanasie des Textes).

Aber was soll dann mit meinem weiteren, immerhin noch zwanzigjährigen zukünftigen (vergangenen) Leben geschehen, wohin mit all den Gedichten, Büchern, Taten? Mit soviel Frühling, Hoffnung, Durchfall, Reinfall, Abfall? Wohin mit diesem Leben?

(3. Glossar)

Auf die letzte Frage sollte man wahrscheinlich besser gar keine Antwort suchen.

Ich kehre zu den Ruinen zurück. Es wird vermutlich eine Art Register dabei herauskommen oder ein erweiterter Katalog aller Ruinen dieser Welt. »Aller« – das ist wohl etwas übertrieben, sagen wir: all derjenigen, an die ich mich erinnern kann.

Als erstes entsinne ich mich der Industrieruinen: verlassene Fabriken, Gerümpel und Alteisen, Geleise und Röhren, eingerostete Kipploren, zugeschüttete Kohlegruben und Tunnel, Radioaktivität, Rost, stillstehende Maschinen, zertrümmerte Ziegel, verkohlte Gerüste, sinnlos gewordene Montagebänder. All diese Landschaftskatastrophen, die Kehrseite des Produktionswahns.

Natürlich, Ruinen alter Zivilisationen – Städte im Dschungel, von Affen besetzte Tempel, Brunnen, in denen Reptilien residieren.

Dann die Ruinen von Straßen. Einmal bin ich in den Bergen eine solche Straße gegangen, Stein und Gras, Gras und Stein, doch ich wußte, vor fünf Jahrzehnten war hier eine Straße, und die Herrschaften sind hier in Fiakern und Kabriolets zur Heilquelle gefahren. Die Kinder haben die ganze Zeit aufgeregt und hysterisch geplappert, und die Dienstmädchen kamen zu Fuß kaum nach, die gefüllten Vesperkörbe im Arm.

Dann natürlich die Ruinen von Brücken, diese ehemaligen Pfeiler, die man »Stiere« nennt, wahrscheinlich wegen ihrer Steifnackigkeit – kühne Meisterwerke der Ingenieurskunst, Überreste im dunklen Abgrund der Flüsse.

Dazu gehören auch die Aquädukte, d. h. ihre Ruinen.

Es gibt auch Ruinen von Flüssen – Wasser, das nicht mehr fließt. Im an sich schon phantasmagorischen Lemberg gibt es einen Fluß, der in eine Stadtkanalisation verwandelt wurde. Vor vier Jahrhunderten fuhren noch Segelschiffe aus der Ostsee, von Danzig und Lübeck hierher, und man konnte mit bloßen Händen schlangenartige atlantische Aale aus der Saragossasee fangen. Heute fließt der Fluß nur noch durch die Kanalisationsrohre, unter dem Pflaster und dem Asphalt. Ich habe freilich gehört, daß die Aale sogar in der Kanalisation überleben können. »Unter dem Pflaster liegt der Strand«, verkündeten die deutschen Rebellen im Jahre 1968.

Außerdem gibt es Ruinen von Meeren, überwiegend Wüsten, aber was kümmern sie uns?

Ruinen von Wäldern, Seen, Bergen, Felsen.

Dann die Ruinen von Schiffen – manche liegen auf dem Grund (die »Titanic«, gewiß, aber nicht nur sie – ganze Flotten und Geschwader!), andere wurden an die Küste getrieben, darunter die spanische Galeone, die jener Buendia aus einem gewissen Buch von Garcia Marquez im Landesinneren entdeckte, vier Tagesmärsche von der Küste entfernt; hierher gehören außerdem Überreste von Raumschiffen, die Trümmer von Meteoriten.

Dann gibt es Ruinen von Friedhöfen, insbesondere dort, wo Genozid, Säuberungen, Deportationen stattgefunden haben. Bekanntlich kann man durchaus in fremde Häuser einziehen, sich fremde Garderobe, Geschirr, Bettwäsche oder Goldzähne aneignen, aber niemand wird sich um die fremden Toten kümmern, geschweige denn ihre Gräber pflegen. Ich habe solche Ruinen gesehen: jüdische, armenische, lemkische. Um die Namen auf dem Grabstein lesen zu können, mußte man das Moos mit den Fingern abkratzen. Ich weiß ungefähr, wo in meiner Stadt das Ghetto war. Andrzej Stasiuk hat mir einen seltsamen Weg gezeigt – einen steinigen Waldweg, rechts und links Wald, Wald, nichts als Wald, und dennoch ist das einmal die Hauptstraße eines lemkischen Dorfes mit dem vielsagenden Namen »Czarne« (= Schwarze) gewesen.

Und es gibt Ruinen von Sprachen, Worten, Schriften – aus diesen beweglichen Schätzen der Erinnerung.

Hier möchte ich innehalten. Mit Erwähnung der Sprache und des Wortes habe ich womöglich schon die Grenze des Erlaubten überschritten und begebe mich vom Realen, Dinglichen, Konkreten in die Welt der schwankenden Abstraktionen; das scheint aber absolut nicht erstrebenswert, denn dann könnte man ja auch noch auf die Ruinen von Seele, Gewissen, Gefühl, Ehre-Anstand-Treue, Sittlichkeit, Sittsamkeit zu sprechen kommen, auf Ruinen der Liebe und Ruinen des Hasses, Ruinen des Glaubens, Ruinen der Hoffnung.

Ich wäre gezwungen zu moralisieren (eigentlich habe ich schon angefangen), offene Türen und Fenster einzurennen, einen nervösen Durchzug zu verursachen in diesen Korridoren zwischen Vergangenheit und Zukunft.

Statt dessen würde ich lieber bestimmte Gegenstände etwas aufmerksamer betrachten, Dinge, alles, was greifbar ist. Mein Kindheitstraum, Archäologe zu werden, kommt mir manchmal in den Sinn: Ich schreibe gereimte Register über Schrotthalden und zerstörte Häuser, über Keller und Dielen, die mit mittelalterlichem – Pardon: mitteleuropäischem Kram zugestellt sind. Die Fragmente eines früheren Alltagslebens sind sprechender als jede moralische Sentenz: Kunststoffblumen, Blumentöpfe, Weihnachtsengel mit Schäfchen, abgegriffene Münzen, haufenweise dekadenter Schmuck, verschimmelte Strumpfbänder, Spieluhren, Vogelnester. Mich interessieren alte Aquarien, versteinerte Fische, rußgeschwärzte Badewannen und Ausgüsse, Rohrpfeifen, Trillerpfeifen, Porzellanhirsche. Und natürlich erregen mich die Flaschen, die vielen verschiedenartigen Flaschen *mit ihren unterschiedlichen erotischen Formen und geschwungenen Linien*, Flaschen männlichen und weiblichen Geschlechts, *mit unterschiedlichen Farbtönungen*, unterschiedlichem Fassungsvermögen, vor allem jene, aus denen der Geruch – nicht Geruch, sondern Geist! – längst getrunkener Weine und Schnäpse noch nicht entwichen ist. Meine besondere Liebe gilt alten Landkarten, die immer noch irrtümlich den Rand der Erde verzeichnen, Schildkröten und Walfische, ein Meer an der Stelle der heutigen Karpaten, schlummernde karpatische Vulkane und diverse, längst in Vergessenheit geratene lokale Konstrukte à la Böhmen, Galizien oder Cisleithanien. Gleich danach kommen für mich die Kursbücher aus der Zeit vor hundert Jahren; natürlich habe ich alle Anschlüsse längst verpaßt, und trotzdem hat es für mich eine Bedeutung, zu wissen, daß zwischen Lemberg und Venedig zwei Züge verkehrten, der eine über Wien–Innsbruck, der andere über Budapest–Belgrad.

Mich begeistern auch die Stapel alter Papiere, Rollen von Klageschriften und Relationen, uralte Zeitschriften mit Reklamen für Autohupen und Damenkorsette, vergilbte Zeitungen und Bücher, die man rückwärts durchblättert, Straßenschilder in einer der Sprachen des Imperiums, Bilder von Kaiser Franz Josef, Schewtschenko, Hruschewskyj, Sigmund Freud, alle möglichen anderen Porträts und alte Kupferstiche, Schellackplatten, auf denen man weder Caruso noch seinen Nachfolger mit dem italienischen Namen Pavarotti jemals hätte hören können, Theater- oder Zirkusbillets für unwiderruflich abgesetzte Stücke, Postkarten aus den Kolonien, aus den Modebädern oder von der Front, Spielkarten für Canasta, Bridge oder Poker, Tarotkarten, Photographien von Liebesgöttern des Stummfilms, versehen mit faksimilierten Autogrammen, oder von den berühmtesten Serienmördern.

Staub und Zerfall, Zerfall und Staub – unter ihrem Einfluß macht sich meine Allergie schmerzhaft bemerkbar. Und trotzdem tauche ich immer wieder ein in dieses Dickicht – als wäre dort noch etwas anderes zu finden als Chaos.

Ja, das alles ist Zerfall und Staub. Doch darf ich denn nicht, im Gefolge zahlreicher Anhänger des philosophischen Optimismus (traditionell Dialektik genannt) darauf hoffen, daß jeder Zerfall im tiefsten Grunde auch wieder einen neuen Anfang in sich birgt? Oder zumindest etwas, das diese Welt nicht erstarren läßt. Zerfall ist Verwandlung des Vergangenen in Künftiges, würde jemand sagen, der mehr Sinn für Aphorismen hat als ich.

Ich liebe Flohmärkte, für mich ein Geflirr und Geflatter, in dem die Substanzen des Seins fast greifbar werden, wo das Geistige ins Materielle hinüberfließt und umgekehrt. Das ist Vergangenheit, die scheinbar ein für allemal stattgefunden, sich erschöpft hat und dennoch nach einer Fortsetzung für sich sucht, weiter existieren will. Wozu sonst diese Kerosinlampen, Gips-Bajaderen und photographische Familienchroniken?

Ebenso liebe ich die Familiensagas, zuweilen unglaublich verwickelte und widersprüchliche, Erzählungen von Wanderungen, Ehen, Geburten, vom Verschwinden, ich liebe es, wenn plötzlich fremde Personen auftauchen und sich die verzwickten Verzweigungen der Handlung auftun. Ich sehe ganz deutlich, wie an einem Tag vor hundert Jahren in aller

Frühe ein Deutschböhme namens Karl im Bahnhof *Stanislau* aus dem Zug aussteigt – das also ist Galizien, hier war er noch nie, er weiß nur, daß es das letzte Loch im Staate ist, schmutzige Provinz, ehrlich gesagt – *der Arsch* der Welt, dennoch beschließt er aus unerfindlichen Gründen, hier ein neues Leben zu beginnen, *jawohl*, er ist nicht mehr der Jüngste (mit einer gewissen Übertreibung könnte man sagen, seine zweite Jugend hat schon begonnen), er versteht sich darauf, alte Bilder zu kopieren, Ikonen für die griechisch-katholischen Unierten zu malen, er hat eine gründliche Ausbildung auf Wiener Niveau, er weiß, wie man Naturfarben mischt, er kennt die Eigenschaften fast aller Hölzer und Stoffe, er ist pedantisch und redlich, ein Meister seines Fachs; damit kann er durchaus sein Brot verdienen, für sich und seine Familie, warum also nicht hier eine Lutherische mit guter Mitgift heiraten, es ist ohnehin an der Zeit, endlich eine Frau zu finden, er hat sich lang genug durch die armseligen Dörfer geschleppt. Er trägt nicht viel bei sich – sein ganzes bisheriges Leben paßt in einen durchschnittlichen, abgenutzten *Sac de Voyage* (Hosenträger, Unterhosen, Fliege, Abendweste – ein erfolgreicher Gelegenheitskauf beim Krakauer Trödler Aaron Gayer), in Bahnhofsnähe wird sich wohl ein möbliertes Zimmer finden, bitte ohne Flöhe, wenn es geht, dafür mit Frühstück; entschlossen und etwas mißtrauisch zieht er die Luft durch die Nase ein und versucht den ersten Morgengeruch des Städtchens einzufangen.

Das ist mein Urgroßvater, an dieser Stelle werden wir ihn auch wieder verlassen, weil seine Geschichte nur eine von vielen Menschengeschichten ist.

(4. Exodus)

Und hier mein anderer Urgroßvater – die andere Linie, eine andere Generation. Er ist fünf Jahre alt, die letzten drei ist er ohne Vater aufgewachsen, weil der auf Arbeitssuche nach Amerika fuhr. Der Weg nach Amerika – das ist der direkteste Weg in die Zukunft. So könnte man jedenfalls meinen. Jeder wünscht sich ja eine bessere Zukunft. Doch wenn man vierzig ist, wird man langsam zu müde, um zu wollen, und hört auf, darüber nachzudenken. Letztlich verliert diese Frage jenseits der Vierzig jeden Sinn. Es geht einem nur noch um eine bessere Zukunft für die Kinder. Der Vater meines Urgroßvaters dachte genauso. Die Kinder, ihnen galt seine ganze Sorge.

So ist die Zukunft – ganz allgemein gesagt – ein anderer Kontinent, irgendein Amerika, eine Neue Welt, ein noch unbeschriebenes Blatt. Die Zukunft bleibt eine Zukunft, solange du noch auf dem Schiff bist, um dich her der Große Teich, das Schiff schwankt, und du, ein Passagier der vierten Klasse, angeworben durch eine Vermittlerfirma, bist grün im Gesicht. Irgendein Schlaumeier hat für diesen Fall empfohlen, zum Himmel aufzuschauen – das hilft angeblich gegen Übelkeit. Ich glaube, es war nur eine Metapher. Oder ein geschmackloser Witz.

Das Schiff schaukelt über den Großen Teich, Kinder und Erwachsene werden vom Fieber geschüttelt, vom Durchfall gekrümmt, Leichen werden über Bord geworfen, der Ozean nimmt sie auf als das, was ihm gebührt.

Amerika erschien ihm wie eine grenzenlose, unberührte Wiese mit Engeln, Vögeln und Goldgruben. Vielleicht auch wie eine vollgestopfte Schatzkammer. Oder wie ein gigantisches Schlachthaus, wo Tag und Nacht Abermillionen tote Stiere ausgeweidet werden. Mehr hat der Vater meines Urgroßvaters von Amerika vorher nicht gewußt, bis dann die Ewigkeit der Überfahrt zu Ende ging und sich herausstellte, daß der Ozean doch Ufer hat. Bis die Zukunft keine Zukunft mehr war.

Allerdings mußte man zuerst die Quarantäne auf einer der Inseln vor dem New Yorker, Bostoner oder New Havener

Hafen überstehen; später beschränkte sich die Administration auf die obligatorische hygienische Prozedur in den eigens zu diesem Zweck eingerichteten Baracken (Blickkontrolle in Mund und Arsch, Einschmieren der Geschlechtsorgane und Achselhöhlen mit einer stinkenden Salbe usw.), damit auf keinen Fall eine mitteleuropäische, jüdische, griechische, italienische, ruthenische, zigeunerische Infektion ins sterile Land der Träume eingeschleppt wurde. Das alles mußte man überstehen. Der Vater meines Vaters hat es überstanden. Die Quarantäne und die hygienische Prozedur.

Nach ein paar Jahren blieben seine Briefe plötzlich aus. Seine Frau hat sie alle bis zum letzten aufbewahrt, hat sie mit einem Band zu einem Päckchen zusammengeschnürt. Er schrieb, er müsse um drei Uhr früh aufstehen, um zur Arbeit zu gehen, und daß er am Sonntag gewöhnlich auf ein zweites Bier verzichte. Er wollte doch nur das Geld zusammenbringen, um heimkehren und ein Stück Ackerland kaufen zu können. Dieses Stück Land schien jetzt seine Zukunft zu sein. Ein Stück Land ist immer etwas wert. Es ist die einzige Sicherheit auf der Welt, der feste Boden unter den Füßen. Geld wird über Nacht wertlos, Paläste können abbrennen, und selbst Herden edelster Rinder können unversehens dahingerafft werden. Aber Grund und Boden überdauert alles – das ist die härteste Währung. So dachte er, denn er lebte in der zweiten Hälfte des 19. Jahrhunderts.

Das Land, das er irgendwann zu kaufen gedachte, sollte unter seinen Kindern aufgeteilt werden und für alle reichen, ein solides Ackerstück, ein Territorium der Freiheit und des Wohlstands. So eine Zukunft war das.

In Wirklichkeit jedoch entpuppte sich seine Zukunft als Straßenbahn, die ihn in Chicago überfuhr. Die russische Sprache kennt eine genaue Formulierung: *его зарезало трамваем – er wurde von der Straßenbahn durchgeschnitten.* Das ist ein unpersönlicher Tod, die Straßenbahn erscheint als Instrument eines antiken Fatums. Eine blinde

Katastrophe, Blitze im Schädel, Geheul der Dämonen, Knirschen und Kreischen der bremsenden Räder auf den Schienen, Funken, ein Moment Entsetzen, danach gibt es keinen Schmerz mehr und keine Sorgen.

Seine Frau hat es dann erst drüben erfahren, an seinem Grab. Sie hatte schon lange keine Briefe mehr von ihm bekommen, das Leben war immer unerträglicher geworden, einige penetrante Kusinen machten Andeutungen über Ehebruch (Bordell, Kartenspiel, Harem, Alkohol!), der reiche Witwer aus der Nachbarschaft belästigte sie mit morganatischen Absichten, sie lieh sich Geld bei den Geschwistern (dies ist wieder eine eigene Geschichte vom Betteln und Klinkenputzen, von einer Welt, in der es auch gute Menschen gibt, eine lehrreiche Geschichte, die mit einer Parabel über die rettende Kraft der großen und ehrlichen Familien endet) und kaufte sich eine Fahrkarte in derselben Preisklasse und für ein Schiff derselben Reederei, mit der er seinerzeit gereist war. Dreißig Jahre später kam sie zurück, alt und reich (sie hatte Glück gehabt, als Näherin rund um die Uhr gearbeitet und sich für die richtige Bank entschieden). Sie war nicht wiederzuerkennen, ihre Sprache war durchsetzt mit unbekannten Wörtern, sie rauchte starken Tabak und kippte gelegentlich einen. Doch ihr ganzes Streben galt der Suche nach ihren erwachsenen Kindern, weil sie jetzt tatsächlich genug Land für jeden kaufen konnte.

Bevor sie nach Amerika gegangen war, hatte sie ihre Kinder bei fremden Leuten untergebracht, wo es etwas zu essen gab. Die Kinder verdienten sich dort ihren Lebensunterhalt, das war damals gang und gäbe, der Sinn des Lebens bestand im Überleben, ein Teller Suppe war der Sinn eines gelebten Tages. Alle ihre Kinder haben überlebt, sie wußten sich zu helfen, und im Ersten Weltkrieg hat keines von ihnen auch nur den kleinen Finger verloren. Die nächste Krise des europäischen Humanismus haben sie auch verhältnismäßig schmerzfrei überstanden, schließlich hatten sie keine akademischen Grade, an Büchern kannten sie nur »Die schwarze Tulpe« und »Phantomas«, hatten also keine Ahnung von so verwickelten und unrealistischen Dingen wie der Entgötterung, dem Ödipuskomplex oder dem »Untergang des Abendlandes«.

Nur den jüngsten Sohn (ein Märchen! ein Märchen!) konnte sie nicht finden. Er war fünf gewesen, als sie damals ihre Reise gewagt hatte. Er wollte nicht bei fremden Menschen wohnen, er wollte die tägliche Überlebens-Suppe nicht, er war zu klein, um diesen unerbittlichen Lauf der Dinge zu akzeptieren. Also wollte er auch nicht fürs Essen arbeiten, er war ja auch noch zu klein, um zu arbeiten, aber schon groß genug, um abzuhauen. Die Erwachsenen dachten vielleicht, er sei einfach so davonlaufen, vor den Züchtigungen zum Beispiel, vor dem Knien im Mais, vor der Kuhscheiße im Stall und auf der Weide, vor dem Geschnarch des Bauern und dem Gestank der Bäuerin. In Wirklichkeit hatte er einen Plan, eine große Idee mit einer ganz speziellen Geheimstrategie.

Er zog in die Welt hinaus. Und nun darf sich jeder selbst eine Geschichte dazu ausdenken. Von Bänken in einem Zugabteil oder in einer Diligence, unter denen er sich versteckte, von nächtlichen Ängsten in Kesselhäusern und Wachstuben, von herrenlosen Hunden, die ihm die Kleidung zerfetzten, und Schlägereien, bei denen ihm die Nase blutig geschlagen wurde, von einem Wanderzirkus, bei dem er am sechsunddreißigsten Tag seiner Flucht untergekommen war, von Salto mortale, Feuerschluckerei und einer Panthernummer – nein, in Wirklichkeit ging es nur darum, hinter einem peruanischen Lama und einem räudigen Dromedar auszumisten – und dann von Zigeunern, die ihn die Symbolik der Gesten verstehen und die Kunst des Bettelns praktizieren lehrten, von einer Sonntagssuppe für Waisenkinder im Kloster. Am wichtigsten jedoch war seine Wanderung, die Reise durch diesen aus verschiedenen Flicken zusammengenähten Teil der Welt, der später Mittel- und Osteuropa genannt werden sollte, doch damals (am Ende des Jahrhunderts, im *fin de siècle*, hätte Zarathustra gesagt) gehörte das alles noch zum groteskesten aller Imperien. Von Flicken zu Flicken, von Sprache zu Sprache, von Landschaft zu Landschaft, er ging und ging, bis er endlich fand, wonach er suchte.

Eines Tages gelangte er ans Ufer eines Flusses. In seinem kleinen und engen Leben hatte er noch nie ein so großes Wasser gesehen. Mehr noch, was er da sah, erkannte er gar nicht als Fluß. Er schaute einfach ins Wasser, auf die Kiellinien der Schiffe, auf die grüne Insel und ans andere Ufer. Es begab sich aber, daß ein reicher kinderloser Kaufmann vorbeikam (das Märchen geht weiter!). »Was starrst du so, mein Junge?« fragte der Kaufmann, den wahrscheinlich die unkindliche Konzentration in diesem Blick irritierte. »Ich muß ans andere Ufer«, kam die Antwort. »Wozu? Wohnst du dort?« – »Nein, meine Mutter. Sie ist über den Großen Teich gefahren. Den Großen Teich habe ich nun gefunden. Jetzt muß ich nur noch meine Mutter finden.«

»Da hast du aber Glück!« antwortete darauf der Kaufmann. »Ich weiß, wo sie ist. Ab und zu kommt sie in mein Haus, man bringt sie mit einem großen Schiff vom anderen Ufer herüber. Komm mit zu mir nach Hause«. Der Kaufmann hatte gelogen, doch das ist das Ende der Geschichte, denn mein Urgroßvater glaubte ihm, und so wuchs er denn bei ihm auf. Der Kaufmann und seine Frau adoptierten das Kind und ließen es später zum Offizier ausbilden. Warum ausgerechnet zum Offizier und nicht, sagen wir, zum Vogelfänger, Konditor oder Pfarrer, weiß ich nicht – doch bezweifele ich patriotische Ausbrüche in Vorahnung des Weltkriegs. Vielleicht gehörten sie zu jenen raffiniert-romantischen Leuten, die zuviel jungen Rilke gelesen hatten: *Meine gute Mutter, seid stolz: Ich trage die Fahne* –

Ich weiß auch nicht, inwieweit dieses Märchen nur ein Märchen ist. Familiensagas existieren oft in mehreren, nicht immer aufeinander abgestimmten Versionen, von denen keine der offiziellen Version der Ereignisse entspricht, wie wir sie aus den Geschichtsbüchern kennen. Außerdem werden die Familiensagas (ebenso wie die Schulbücher) wesentlich von der Klatschpresse und von Fernsehserien beeinflußt, was zur Folge haben kann, daß eine hiesige Tante Lutecija aus der Zwischenkriegszeit unerwartet dieselben Szenen aufführt wie die erstbeste exaltiert-exotische Heldin einer *soap opera* aus dem heutigen Paraguay.

Aber zurück zu dem Bild, das mir nicht aus dem Kopf geht: der kleine Junge, versunken in die Betrachtung des Flusses. Drüben beginnt die Neue Welt. Jenseits der Donau liegt Amerika, d. h. die Zukunft, jenseits der Donau liegt alles, was im Laufe der Jahre in Erfüllung gehen wird (oder auch nicht). In Wirklichkeit ist die Donau der Ozean, der uns anzieht. Seine Nähe, seine Präsenz bedeutet sehr viel: Zeit, Ewigkeit, Geschichte, Mythologie, unser Sein.

Flucht – aber auch Rückkehr. Zukunft, aber auch – Vergangenheit.

(5. Feuilleton)

Die Zukunft von der Vergangenheit befreien?

Die Vergangenheit von der Zukunft befreien?

Das klingt wie der Anfang eines Gedichts. Freilich eines viel zu diskursiven, kalten und gleichzeitig übertrieben pathetischen Gedichts. Das einzige, was dieses Konstrukt vor der definitiven Geschmacklosigkeit rettet, sind die Fragezeichen. Gut, daß sie da sind.

Vor einiger Zeit nahm ich zum soundsovielten Mal an einem Treffen von westlichen und östlichen Intellektuellen teil, wie sie nach 1991 üblich geworden sind. Es ging um die Erhellung zahlreicher anscheinend sehr wichtiger Sachverhalte: um den »Fall der Mauer und eine Kultur ohne Grenzen«, »Annäherung und Gegensatz der Mentalitäten«, »Alte Nationalismen im neuen Gewand«, »Die geistige Architektur Europas im dritten Jahrtausend«, »postkarnevalistische Sinnlosigkeit der Welt«. Es gab keine besonders heftigen Diskussionen, da Ost-West-Konferenzen dieser Art in irgendeinem komfortablen und mit Kneipen gesegneten mitteleuropäischen Kaff normalerweise nie zu harten Konfrontationen führen; kein Gespenst der heutigen Anti-Welt störte durch seine Anwesenheit: weder kam Le Pen hoch zu Roß hereingeritten, um eine Rede zu halten, noch Shirinowski mit nackten Weibern und einem *Happening à la Kalaschnikoff*, kein Saddam Karadžić-Milošević trug patriotische Gedichte vor, kein böser Engel, kein brauner Schwan, kein Schurke oder Fanatiker, alle waren sie hier *beinahe Gleichgesinnte*, Doktoren der Philosophie, der Philologie, Philanthropie, universitäre Universalisten.

Nur gelegentlich zeichneten sich gewisse, wenn auch nicht grundsätzliche Divergenzen ab, kleine Anstößigkeiten, nichts weiter. Dieses Phänomen läßt sich durch die langjährige (oder ewige?) Zugehörigkeit zu unterschiedlichen Systemen erklären, die faktisch bis heute andauert. Man könnte auf bestimmte Mauern und Verständigungsbarrieren verweisen, wie z. B. auf »das byzantische Bewußtsein«, »die protestantische Ethik«, »das postkoloniale Syndrom«, »postmoderne Erschöpfung«.

Einmal argumentierte einer der disputierenden *doctores* (ich glaube, er kam aus Schweden und war obendrein tatsächlich Schwede!) während eines Treffens ungefähr folgendermaßen: »Wir brauchen unsere Geschichte nicht zu kennen, weil wir uns nie auf sie berufen. Glückliche Gesellschaften brauchen keine Geschichte. Nur die unglücklichen kommen nicht ohne sie aus, weil sie durch die Geschichte sich selbst und anderen ihr Unglück erklären und ihre Mißerfolge und ihre Unfähigkeit rechtfertigen«. Ich weiß nicht, ob ihm das klar war, doch mir kam es so vor, als wollte er den

Geist Nietzsches zum Leben erwecken, freilich einen vulgären Nietzsche, einen *»Nietzsche für Arme«*.

Historiozentrismus gleiche dem Phallozentrismus, behauptete eine andere Kollegin auf einer anderen Konferenz: Das »der« sei Vektor, Stecken und Stab, der tiefste Sinn der Weltanschauung bei vielen Intellektuelle aus dem Osten. Das »der« sei der Knüppel, mit dem wir uns ständig selbst prügelten. »Befreit euer Denken von der Diktatur der Geschichte! Öffnet euch endlich der Wirklichkeit!« beschwor sie uns.

Aber nein, widersprachen *die Vertreter der unglücklichen Gesellschaften*, unser Unglück rührt keineswegs daher, daß wir uns zu sehr in die Betrachtung unserer Geschichte vertieften. Das Gegenteil ist der Fall: Wir kennen sie viel zuwenig, weil sie uns vom totalitären Regime in verfälschter, präparierter, destillierter Form präsentiert wurde, inspiriert (und zugleich de-spiriert) von der »einzig richtigen Methode«. Die Ärmste war schon ganz fadenscheinig geworden, voller Löcher und schrecklicher semantischer Risse, aus denen nicht nur einzelne Gestalten oder Ereignisse *herausfielen*, sondern ganze Epochen, Prozesse, Tendenzen. Ihr ganzer Inhalt war herausgefallen! Also sind wir heute erst mal damit beschäftigt, sie zu rekonstruieren, und das sollte nun auch endlich stattfinden dürfen.

Was seid ihr naiv, erwiderten darauf *die Vertreter der glücklichen Gesellschaften*, ihr glaubt also, ihr hättet eurerseits die »einzig richtige Methode« gefunden und könntet dank der richtigen Deutung der Geschichte eure Probleme lösen. Aber das ist eine Illusion, die Geschichte stellt nur die Summe von sehr widersprüchlichen Versionen dar, bezogen auf etwas, das in Wirklichkeit stattgefunden hat oder auch nicht oder aber in einer ganz anderen Dimension. Außerdem umfaßt die Perspektive des Historikers nie die ganze Fülle und Komplexität der Ereignisse, d. h., die Geschichte ist *a priori* gefälscht und verkürzt, und das ist sehr gefährlich, doch wenn man sich dessen bewußt wird und Geschichte infolgedessen richtig einordnen kann, verringert sich diese Gefahr. Geschichte – das ist eine getarnte Mythologie mit einer wesentlichen, wenn nicht gar ausschlaggebenden Beimischung von ideologischer Nekrophilie, das ist alles. Es war doch gerade die Liebe zur Geschichte, die Schurken wie den Duce und den Führer hervorbrachte, wie könnte man sich sonst die Liktoren-Bündel und die Runenzeichen erklären, all diese pompösen römisch-nordischen Attribute, all diese Cäsaren und Siegfrieds? Schließlich braucht ihr doch nur eure eigenen Geschichtsbücher aufzuschlagen, die heutigen, die »nicht-totalitären« (neo-totalitären, ja!): Was steht denn dort drin über eure Nachbarn? Lest das mal, und dann fragt und wundert euch, woher dieser Haß in der Welt kommt und warum bis zum heutigen Tage Menschen wegen ihrer Nationalität umgebracht werden.

Ihr werdet uns nie verstehen können, sagten darauf einige historiozentristische Unglückliche. Bei euch ist das Organ verkümmert, mit dessen Hilfe man die anderen verstehen kann. Eure Supermärkte und die 666 Fernsehkanäle haben euch eingebildet und selbstzufrieden gemacht. Mit euch wird es böse enden, Spengler hatte recht.

Und ihr, entgegneten die ahistorischen Glückspilze, solltet als erstes eure Mentalität loswerden. Sie ist nämlich totalitär geblieben, und das bedeutet, daß eure fragilen Demokratien dauerhaft gefährdet sind. Anstatt xenophobisch in den historischen Mythen herumzustöbern, solltet ihr besser etwas gegen die Mafia und die Korruption in euren Ländern unternehmen. Wie die Dinge heute liegen, dürftet ihr auf absehbare Zeit keine Chance haben, euch an Kerneuropa mit seinen liberal-kosmopolitischen und konsum-hedonistischen Werten anzuschließen. Ihr könnt also ruhig die Mauer zwischen uns wieder hochziehen, die eigentlich – darauf hatten wir uns doch geeinigt – niedergerissen werden sollte.

Solche gegenseitigen Einschüchterungen belebten unsere nicht ganz fruchtlosen Diskussionen, obwohl in der Regel alles versöhnlich endete: den Moderatoren kam der rettende Gedanke, die terminologischen Unstimmigkeiten, die Ungenauigkeiten der Simultanübersetzung, die Mißverständnisse, die sich ergeben, wenn *alle schlechtes Englisch* sprechen, für unsere Verständigungsprobleme verantwortlich zu machen, und schließlich versuchte noch einer der ältesten Teilnehmer, der gar nichts begriffen hatte, die Runde davon zu überzeugen, daß jeder ein Recht auf seine eigene Sicht der Dinge habe und daß gerade die Vielfalt der Anschauungen den intellektuellen Reichtum der Welt ausmache.

Vom Abschlußabend genügt dann nur noch zu vermelden, daß danach alles definitiv geklärt war.

Zwar gab es einen Radikalen aus Moskau, der sich einbildete, er wäre ein Hund und müßte nun durchaus die westlichen Damen in die Waden beißen. Das war eine Teilrealisierung seines Konzeptes von der Vergeblichkeit jeglicher Vereinigungsversuche und von der ontologischen Unmöglichkeit einer Verständigung zwischen Ost und West. Die Polizei schritt nicht ein, sie war gar nicht da. Wozu auch Polizei, wenn es um Befreiung geht?

(6. Kompendium)

Was soll man nun anfangen mit dieser Befreiung? der Vergangenheit? der Zukunft? Wo soll man dieses zur Selbsttäuschung neigende und nicht besonders weise Geschöpf mit seinen Ansprüchen und Instinkten lokalisieren – *sweet child in time*?

Die Menschheit verfügt nur über vier Geschichten, sagte Borges, während er in Finsternis versank. Vorstellungen von der Vergangenheit und der Zukunft gibt es noch weniger. Vielleicht nur zwei. Doch mit ihnen beginnt unser Selbstbewußtsein. Das hat derjenige zuerst festgestellt, der formulierte: »Der Mensch hofft immer.« Es gibt unzählige Definitionen des Menschen, entscheiden wir uns für diese: ein zweibeiniges Wesen ohne Federkleid, das hofft.

Die erste der beiden Vorstellungen vom Menschen in der Zeit ist die tiefsinnigere, weil sie sich aus dem ursprünglich kindlichen Plasma des *homo sapiens* entwickelt und vom Lebenswillen geschützt und gesteuert wird. Hier erscheint die Vergangenheit als »die durchlebte Hölle« und die Zukunft als »das erwartete Paradies«. Das heißt, wir leben für den Wandel zum Besseren, und aller Wandel führt an sich schon zum Besseren. Die Vergangenheit tilgt unsere Unvollkommenheit, unsere Fehler, Mißerfolge, Tragödien, in der Vergangenheit bleiben Wunden und Schmerz zurück. Es gibt keinen Schmerz, der nicht vergeht. Keine Wunde, die nicht verheilt. Es gibt kein Leid, das man nicht aushalten, und keinen Verlust, den man nicht ertragen könnte, sagte der Yogi Ramacharaka. Und da der tiefste Sinn unserer Existenz das Leiden ist, liegt die Bestimmung der Zeit im Tilgen des Leidens durch die Vergangenheit.

(Hier fällt mir ein Zitat des Dichters Wolodymyr Swidzynskij ein: »*Wer sagt mir, in welche Abgründe die Zeit hineinstürzt?*«)

Aus dem Gegensatz von vergangener »Hölle« und künftigem »Paradies« sind ausnahmslos alle Utopien hervorgegangen, weshalb wir ihn selbst als einen **utopischen** begreifen. Zukunft erweist sich aus dieser Perspektive zwangsläufig als Synonym für das »Bessere«, die Zukunft bedarf keiner Apologie, sie ist darin zwangsläufig anwesend wie Gott in den Salzkristallen. Von dort, aus dieser Vorstellung, leiten sich all die Innovationen her, all die Verbesserungen, der deutsche *Erfindungsgeist*, der technische und soziale Fortschritt, die schönen Gesten der Menschheitsbeglücker, die großen geographischen Entdeckungen. Ich bin sicher, daß es eine detaillierte kulturologische Studie über den Weg von Kolumbus bis Campanella und zurück gibt: Das große kommunistische Amerika hat die nach dem Wandel zum Besseren dürstende westliche Menschheit (und nicht nur sie) in die Unermeßlichkeit seiner goldenen Zukunft hineingerissen. Von dort kommt das an meinen Kindheitserinnerungen haftende sowjetische Lied von den Apfelbäumen, die auf dem Mars blühen werden, von dort kommt auch die marxistische Maxime, daß die ganze vormarxistische Menschheitsgeschichte nur eine Vorgeschichte war und die wahre Geschichte erst jetzt, mit der marxistischen Lehre, beginnt.

Von dort kommen auch ausnahmslos alle Revolutionen, einschließlich der samtenen und der sexuellen plus der sexy Völkerfrühling auf den Barrikaden von '48 – und erst recht von '68 –, die nächtlichen Tribunale, Sieges-Spasmen der tuberkulösen Kommissar-Apostel und die herausgequollenen Augen der abgeschlagenen Monarchenhäupter. Von dort kommen der gymnastisch federnde Schritt von Marinetti und der Sprengstoff, der unter den Museen der Welt deponiert wurde. Die ganze Avantgarde, jene Spielart des Terrors in der Kunst, die schwarzen Quadrate, von dort kommt auch der Terrorismus selbst, der Terrorismus als solcher, der Terrorismus als zutiefst menschliche Form, einer Idee zu huldigen, Idealismus im Quadrat, letzte Zuflucht des Eisernen Rittertums, das über Funk von der Obersten Notwendigkeit ferngesteuert wird. Von dort kommt die Idee des Tausendjährigen Reiches mit den gelben Wogen des Indischen Ozeans, die sich an seinen urarischen Ufern brechen in der letzten Todesvision eines mit Granaten gegürteten Teenagers der *Hitlerjugend.* Von dort kommt die fixe Idee vom »Licht am Ende des Tunnels«, dank deren Millionen Untertanen im Lande »Ein-Sechstel-der-Erde« verbissen und blind das Elend, den Dreck und die Qual in den Zellen der Kommunalwohnungen, das vierundzwanzigstündige Schlangestehen für Seife und Grütze, die Tscheka und die Genitalienzerquetschung beim Verhör überlebt haben. Aber von dort kommt auch die lebensfrohe Idee eines neuen Europas als eines Elysiums mit ewig grünen Parks ohne Grenzen und Konflikte, wo alle gutmütig, reich und tolerant sind, dazu schon fast unsterblich, wo jeder seinen Platz gefunden hat unter seiner eigenen tausendjährigen Eibe und feierlich den bekannten Schillertext auf die Beethovenmelodie vor sich hin singt.

Die andere Vorstellung vom Menschen in der Zeit ist wahrscheinlich späteren Ursprungs – vor ihrer Entstehung und Entwicklung mußte der Sündenfall liegen, mußte man sich erst einer Welt bewußt werden, die unaufhörlich ins Böse abdriftet. Hierbei wird die Vergangenheit eindeutig positiv wahrgenommen; die Vergangenheit – das ist das »verlorene Paradies«. Die Zukunft hingegen »das Ende der Welt«, die letzte Katastrophe, die letzte Abrechnung, mit dem Bösen beispielsweise, angesichts eines anderen, schon nicht mehr menschlichen, qualitativ höheren Seins. So erkühne ich mich, den Gegensatz zwischen Vergangenheit und Zukunft als einen **apokalyptischen** zu bezeichnen, obwohl die reale Wirkung der hier zugrundeliegenden Etymologie und Semantik sich auf weit mehr erstreckt als nur auf die christliche Lehre.

Eine bekannte Inschrift auf einem ägyptischen Papyrus berichtet vom unaufhaltsamen gesellschaftlichen Niedergang, von einer furchteinflößenden und zynischen Jugend, der nichts mehr heilig ist, von allgemeiner Fäulnis, Ausschweifung, vom Zusammenbruch der positiven Weltanschauung, von Seuchen, von Angriffen menschenfressender Stämme aus der Wüste, vom katastrophalen Absinken des Nils. Infolge der erwähnten und unerwähnten Faktoren »geht diese Welt in Kürze zugrunde«. (Fünftausend Jahre später mokieren wir uns über die Prophezeiung des hypochondrischen Schreibers und Analytikers, für uns ist er ein kurioses Beispiel einer öden, moralinsauren Überheblichkeit oder *urzeitlicher Fixiertheit auf das Gesellschaftliche*, doch denken wir nicht weiter darüber nach, was eigentlich »in Kürze« heißen könnte – vielleicht genau fünftausend Jahre?)

Daher die Parabeln vom vergangenen Goldenen Zeitalter,

vom Paradiesgarten mit all seinen umherflatternden exotischen Vögeln (die gibt es heute nicht mehr), von der »Kindheit der Menschheit« mit jener Präinitiations-Reinheit, daher die vedische Degradierung der materiellen Welt vom »Gold« zum »Eisen« mit der allmählichen Verdunklung der Sinne, der unausweichlichen Weltendämmerung.

Hier finden wir auch die vier apokalytischen Reiter und die Posaunen der Engel, aber auch ganze Epochen, die unter dem Bann der »letzten Vorahnung« lebten und von ihr paralysiert wurden, mit einer immer wieder aufflammenden »Zeitrechnungs-Paranoia«, wenn schon die Zahl selbst vom Ende der Zeit zeugt: 666! 1313! 1500! 1998! 2000!

Hierher gehören auch die von den Adamiten gehegten Bosch-Visionen und schlechthin alle Visionen, aber auch die Selbstverbrennungen der Sektierer, die englische Friedhofsmetaphysik mit ihrem unvermeidlichen Triumphierenden Wurm am Ende, Calderóns Vermutung, daß »das Leben ein Traum« sei, der *Weltschmerz* und der lebendig begrabene Edgar Allan mit seinem *Nevermore,* Charles Baudelaire, der Opiumraucher, und Ludwig der Zweite von Bayern mit seiner unersättlichen Leidenschaft für Richard Wagner, der trunkene Rimbaud auf dem Schiff und alle weiteren Blüten der Dekadenz inklusive der polygamen Spielchen in Kellern und Türmen, die Inzest-Mode und die Massenselbstmorde der von der Routine des Daseins enttäuschten Gymnasiasten.

Aber hier bei uns in der Nähe leben Millionen ehemaliger Untertanen des Landes Ein-Sechstel-der-Erde, denen man, wie sich herausstellt, das Paradies genommen hat. Und damit offenbar auch das Gedächtnis: Wie geschwind sie Elend und Dreck, die Qual in den Zellen der Kommunalwohnungen, das vierundzwanzigstündige Schlangestehen für Seife und Grütze, die Genitalienzerquetschung beim Verhör vergessen haben, die graue Eintönigkeit und vorausbestimmte Langeweile des Daseins, die Unterdrückung des Denkens, die Kontrolle über die Seelen, das Fehlen von Kondomen und das lebenslange Warten auf eine »Zelle für Vermehrung«, genannt Wohnung; vergessen die unzähligen *vorübergehenden Schwierigkeiten*. Statt dessen erinnern sie sich an etwas völlig anderes: billiges Brot, kostenlose und aufopferungsvolle Ärzte (nicht unbedingt Giftmischer!), *Leben ohne Dollars, Mafia und Sex,* Gleichheit in der Armut, Abendeinladungen bei den Nachbarn zum Schwarzweiß-Fernsehen, Kurorte mit Gesundbrunnen auf der Krim und im Kaukasus, Eishockeysiege über die kanadischen Profis, zwischennationale Allianzen auf den allsowjetischen Großbaustellen, die Lieder von Sykina und Rotaru, und außerdem tauchte am 1. Mai in den Läden eine schäumende Flüssigkeit, genannt Champagner, auf, flüchtig wie ein Gewitter am gleichen 1. Mai. Es gab noch unzählige solcher *Vorteile*, denn hier geht es um die Jugend des Menschen, um nicht mehr und nicht weniger.

In dieser *Zone* des ewigen Übergangs, in diesem extrem anachronistischen *einheitlichen Kulturraum*, wo mit ewiger Verspätung, aber immerhin überhaupt noch die Schlafwagen aus Ahrensdorf fahren, versehen mit der Firmenplakette *»Vereinigter Schienenfahrzeugbau der Deutschen Demokratischen Republik«* (möglicherweise alles, was von der DDR-Utopie übriggeblieben ist, vielleicht auch noch ein paar nicht enttarnte Stasi-Spitzel, aber nein, so was gibt es nicht mehr!), in diesen Landschaften zwischen Europa und Nicht-Europa finden wir Millionen Menschen, denen das Paradies gestohlen wurde. Sie sind verzweifelt, böse, müde. Ihre Liebe zum Vergangenen wächst sich ins Gigantische aus, sie sind eine ganz besondere Abart von »Ehemaligen«. Weg mit der Zukunft! Die Zukunft ist ein schwarzes Loch, die tägliche Preissteigerung für die Dienstleistung »Beerdigung« – das ist die Zukunft! Und wenn sie überhaupt noch Hoffnungen haben, dann nur im Hinblick auf die Vergangenheit. Genauer gesagt: im Hinblick auf die Möglichkeit, daß diese Vergangenheit in absehbarer Zukunft zumindest teilweise restauriert wird. Darum gehen sie zur Wahl und geben ihre Stimme ab. Anscheinend haben wir es hier mit einem der Fälle zu tun, in denen die »apokalyptische« Vision sich für kurze Zeit in die »utopische« verkehrt; in Wirklichkeit läßt sich gar nichts mehr restaurieren, und *Dollars* oder *Mafia* lassen sich auch nicht mehr aus unserem Leben verdrängen, genausowenig wie *Sex*. Aber wie kann man ihnen erklären, daß jede Gesellschaft, sogar unsere mit Steinäxten ausgehauene, ein viel raffinierteres Gebäude ist als, sagen wir, die Kathedrale von Chartres, weshalb eine Restauration nicht möglich ist, es wird keine Zuteilungen von Champagner und Kurorten mehr geben, auch keine Gleichheit und Brüderlichkeit mehr (jedenfalls nicht IHRE) und auch keine neue historische Gemeinschaft (jedenfalls nicht wie damals). Es wird nur das ermüdende Gestrampel der Politiker geben, Verzweiflung, Auf-der-Stelle-Treten, einen Teufelskreis der immergleichen Ursachen und immergleichen Wirkungen, so teuflisch, daß man Ursache und Wirkung nicht mehr auseinanderhalten kann.

Das ist eine Vergangenheit, die die Zukunft daran hindert, sich zu verwirklichen. Eine Vergangenheit, die die Zeit in ihren Klauen hält. Eine Vergangenheit als Diktat der Voreingenommenheit.

(7. Epitaph)

Ein silberner Ring mit den Initialen M. A., ein paar Photos und die letzten Worte vor seinem Tode – das ist eigentlich schon alles, was mir von meinem Großvater geblieben ist. Die Vergangenheit geht uns voraus, sie versucht uns vorzuwarnen, und manchmal gelingt es ihr.

Ich habe meinen Großvater nie kennengelernt, der Tod hat ihn sechzehn Jahre vor meiner Geburt geholt. Wir sind aneinander vorbeigegangen im Gebirgsmassiv der Zeit, und wenn es wahr ist, daß uns im Jenseits immer wieder neue Prozeduren bevorstehen, so fällt es mir schwer zu sagen, wer von uns beiden mehr der Vergangenheit angehört – ich oder er.

Habe ich ihn nie kennengelernt? In Wirklichkeit sehe ich ihn lebendig vor mir. Das älteste von fünf Geschwistern und deshalb ziemlich einsam, hat er sich früh von zu Hause gelöst, um die Reize der typhusverseuchten Schützengräben auszukosten. Er war gern beim Militär, freilich nur zweimal in seinem Leben – im Jahre 1918 und später in den vierziger Jahren. Er bekannte sich zu einer ziemlich klaren, doch wie sich später herausstellte, nicht ausreichend pragmatischen Religion: *Befreiung des Heimatlandes*, so hieß das. Die Ukraine gab es nur einmal, und ihre Feinde waren die Polen und die Sowjets. Im richtigen Moment mußte man die Waffen gegen sie erheben. Als Verbündeter war selbst der Teufel akzeptabel, was mit dem skeptischen Humor und den fast atheistischen Überzeugungen meines Großvaters perfekt harmonierte, eines Menschen aus einer *verlorenen Generation*, die schon in früher Jugend abgerissene menschliche Gliedmaßen gesehen hatte. Auf den richtigen Moment hat er ganze zwanzig Jahre gewartet – sein halbes Leben. Und diese Zeit (die Surrealisten schrieben ihre Manifeste, und der Stummfilm begann mit menschlicher Stimme zu sprechen) verbrachte er mit Kartenspielen, Radiohören und Bergtouren, zu Pferd, zu Fuß, auf Skiern, bei der Jagd, beim Automatenbillard, mit Kreuzworträtseln, Flirts, mit kurzen, aber stürmischen Phasen der Rückbesinnung aufs Familienleben. Der Krieg trennte ihn dann wieder von Frau und Kindern (war ihm dieser Anlaß nicht willkommen?); ab und zu haben sie sich in Stanislawiw getroffen. Sein teuflischer Alliierter verlor den Krieg, Schritt für Schritt, doch mein Großvater ließ, wie Tausende ähnlich veranlagte *Optimisten*, die Hoffnung nicht sinken, daß nach dem letzten Zusammenprall des braunen Satans mit dem roten die *Befreiung des Heimatlandes* doch noch möglich wäre.

All das endet im Frühjahr 1944 in einem Zug mit evakuierten Ukrainern, der in südwestlicher Richtung fährt, irgendwo zwischen Kamjanka Busska und Lemberg. Dort sollen aus ihnen neue Truppen zusammengestellt werden, sie sollen die Sowjets abwehren (das war ja das Ziel!). Uniformen wurden genäht, Berechtigungsscheine für Karabiner ausgestellt, Lieder geschrieben – vorwärts, Sokoln!

Aber bis Lemberg ist er nicht gekommen. Am Himmel über dem Zug tauchten Flieger der Roten auf. Großvater hatte gerade eine Zigarette zu Ende geraucht, als die Bombardierung und Beschießung der Waggons aus der Luft begann. Durch Panik, Chaos, Explosionen und ein heißes bedrohliches Knistern – 13-mm-Kugeln durchschlagen die Haut des Waggons – trat er ans Fenster, vielleicht um die Kippe hinauszuwerfen oder um die Lage zu sondieren. Er fühlte sich wahrscheinlich durch Rang und Erfahrung verpflichtet, irgendwelche Kommandos zu geben. Er machte das Fenster auf und lehnte sich sogar hinaus – als ob ihm beim illegalen Exerzieren die alten galizischen Obristen nicht beigebracht hätten, vorsichtig zu sein und vor allem den Kopf zu schützen. Die Maschinen – es waren vier oder fünf – kamen im Tiefflug – *na brejutschem poljote* – so heißt das, glaube ich. In diesem Moment griff irgendein Leutnant, sagen wir mal ein Iwanenko aus der Gegend von Poltawa, Sumy oder Cherson, der einzige in der Familie, der den Großen Hunger überlebt hatte, ein Komsomolze und kommendes Jagdflieger-As, im Sturzflug an. Die Geschwindigkeit eines Fliegers übertrifft die Geschwindigkeit eines bremsenden Zuges, man schießt also besser in kurzen Serien.

Mein Großvater sah schon den Schatten des Flügels über sich. »Herr Kommandant, seien Sie vorsichtig, gehen Sie weg vom Fenster!« rief seine Ordonnanz (den Silberring M. A. und diese Geschichte hat er später mitgebracht). »Die können mich mal!« sagte mein Großvater seelenruhig und fiel gleich darauf um, von einer Salve zerrissen. Das Zigarettenetui in der Brusttasche überm Herzen hat ihm nicht geholfen.

Mein Großvater hatte alles im Leben, was er sich wünschte – zwei Kriege, mehrere Freundinnen, Familie, Kinder, Berglandschaften, einen plötzlichen Tod aus heiterem Himmel. Außerdem konnte er gut schießen, reiten, machte unanständige, deftige Witze. Sein Hang zum Lästern tönt manchmal in mir nach; das ist dann die beste Form, um mich mit der Welt zu verständigen.

Sein Leben, gekrönt durch einen letzten Soldatenwitz, war nicht schlecht. Und keines seiner Worte ist verlorengegangen; sie waren sogar im Geheul des Fliegerangriffs zu hören.

Ich liebe seine letzten Worte über alles. Ich wiederhole sie jedesmal, wenn ich angegriffen werde. Ich fühle mich dann leichter, ich spüre in meinem Rücken einen Größeren, seine jetzt schon außerirdische Kraft und Unterstützung. »Die können mich mal!« sage ich zu mir selbst, und so kommt es auch immer. Es ist wie der silberne Ring – ein Schutzring, wir sind verbunden, wir sind nicht allein.

(8. Meditation)

Wenn doch jemand die Welt von der Vergangenheit befreien könnte! Die Leichtigkeit, Unbefangenheit, Reinheit finden könnte, in der Amnesie endlich zu Amnestie führt! Ich würde furchtbar gern mit meiner scheppernden Stimme in die zahlreichen futuristischen Manifeste und Happenings einstimmen, besonders jetzt, da es bis zur Zukunft gar nicht mehr weit ist: Da, siehst du, hinter der zwei mit den drei Nullen fängt sie schon an. Aha, sie hat schon begonnen.

Man darf den Schuldigen nicht für alle Ewigkeit bestrafen. Erst recht nicht, wenn er bereits entwaffnet ist. Bedrückt uns die Diktatur der Zukunft etwa weniger? Ist es nicht gerade die Zukunft mit ihrer zynischen Logik *des Wandels zum Besseren*, die sich in unsere Gesten, Absichten, Wünsche, Handlungen einmischt? Ist nicht sie es, die auf uns einstürzt mit der Ungeniertheit von etwas unbestreitbar Großem, Mächtigem, das größer ist als wir und allesverschlingend? Ich kannte Leute, für die war die Zukunft das einzig Reale auf der Welt. Der eine hat einmal am Unterlauf des Don zehn historische Grabhügel entdeckt und ausgegraben, und heute versteckt er sich vor der Moskauer Meldebehörde in den Abgründen der meditativen Trance, bei seinen Komplizen in der Küche, ich glaube, er steht unter Terrorismus-Verdacht. »Siehst du«, sagte der Ausgräber der Grabhügel, als sein Geist vorübergehend von den außerirdischen Lotostälern in die acht Quadratmeter der Küche herabgestiegen war, wo sein verlassener Leib geduldig und voller Sehnsucht nach Schnaps auf dem Teppich gewartet hatte, autohypnotisiert und vom Sansara erschöpft, »siehst du, alles was irgendwann geschah und was jetzt in diesem im Raum aufblitzenden Moment geschieht – das alles ist vorherbestimmt. Ich habe es *von dort aus* gesehen. Die Vergangenheit, wie immer wir sie verstehen mögen, ist nur eine mißlungene Projektion der Zukunft, ihre unvollkommene Nachahmung. Ihr bedauernswertes Opfer. Und wenn man in dieses Konzept vernünftig investiert, könnte man ein Zukunftsinstitut gründen. Ich habe vor, einen Projektantrag bei allen Stiftungen und Zentren einzureichen.« (Mit diesen Worten entschwand er wieder, will sagen, der Leib blieb mit dem Glas »Komdiw«-Schnaps in der Hand zurück, doch der Geist strebte entschieden *ins Grenzenlose* – vielleicht durchkämmte er in diesem Augenblick die Büros der extraterrestrischen Lotosstiftungen und Zentren.)

Die Einmischung der Zukunft, das ist die unabwendbare Katastrophe, hätte ich geantwortet, denn die angebrochene »Komdiw«-Flasche brachte mich fast dazu, ihm zuzustimmen, aber ich sagte nichts aus unterschwelliger Abneigung gegen alles Kategorische. Sonst hätten wir ja behaupten müssen, daß das Sein prinzipiell eine Katastrophe ist, wonach es aber gar nicht aussah – in jener Küchenzelle, um drei Uhr früh, nach unzähligen Zigaretten und reichlich Alkohol.

Warum sollten wir also zustimmen? Liegt es nicht in unserer Natur, daß wir nach Alternativen suchen? Warum sollten wir dazu verurteilt sein, ewig zwischen diesen beiden Monstren hin- und hergerissen zu werden, zwischen imaginären Chimären, zwischen dem unbekannten »Einstmals«, das es nicht mehr gibt, weil es stattgefunden hat, und dem anderen »Einstmals«, das es noch nicht gibt, weil es noch nicht eingetreten ist? In Wirklichkeit befinden sich sowohl Vergangenheit als auch Zukunft außerhalb unserer Reichweite. Wir existieren weder da noch dort. Es sind Abgründe, beide sehen uns an, hochmütig und prüfend. Oder vielleicht sehen wir in die Abgründe (wie es in den »gothic novels« hieß: *man kann den Blick nicht abwenden*)? Wie sollen wir die Kraft finden, uns abzuwenden?

Wie können wir das Gegenwärtige befreien – das ist die Frage, die ich mir erlaube in höchstem Maße philosophisch zu nennen. Unser »Jetzt« ist das einzige, was wir wirklich haben. Wenn sich hier eine Inkorrektheit dem Sein gegenüber eingeschlichen haben sollte, will ich mich sofort korrigieren: »Jetzt« – das ist das einzige, wo wir wirklich SIND, wo wir hingehören. (Haben? Sein? Gehören? Das liegt nah beieinander, vielleicht handelt es sich nur um Varianten.) Und die Fähigkeit, sich selber im »Jetzt« zu begreifen, ist möglicherweise die einzige Chance, sich mit der Umwelt zu verständigen. »Jetzt« – das ist das einzige, wofür wir verantwortlich sind. Zumindest ist es keine Chimäre, es geschieht, hier und jetzt, mit uns. Hier, da, dort, schon entschlüpft...

Offenkundig sprachen die Dichter als erste davon, mit ihrer alles verbindenden weiblichen Empfindsamkeit. (Der Frühling verdirbt die Dichter, wie er die Frauen verdirbt: Die Haut erblüht, die Schleimhaut wird über die Maßen gereizt, die Duftallergie treibt einem Tränen (der Rührung?) in die Augen, verschwimmende Flecken anstelle von Dingen und eine totale Orientierungslosigkeit im Raum.) Lyrik – das ist immer das »jetzt«, das Verweilen nicht »zwischen«, sondern

»in«, und ein Verweilen »in« ist immer höher, dankbarer und edler, weil es bedeutet, daß du eingeschlossen, einbezogen, anwesend bist, im Unterschied zum abgesonderten, abgeschobenen, zurückgewiesenen Verweilen »zwischen«.

Und von dort, aus diesem Innen, kommt – leicht zu erkennen an seiner kapriziösen Kindlichkeit – der dreiste Spruch des mittelalterlichen Doktors aus Weimar, jenes alternden Hexenmeisters und Schürzenjägers: *Verweile doch, du bist so schön*. Schließlich ist dieser Ausbruch keineswegs philosophisch, weder Folge noch Gegenstand unserer gewohnheitsmäßigen Hirntätigkeit, abstrakte Begriffe zu produzieren, sondern Ausdruck eines Augenblicks, Ausdruck lebendiger Präsenz, das Leben selbst, sein Schwingen und Vibrieren, all das, was wir selbst – ohne etwas über die aphoristische Begabung des spitzfindigen Kupplers aus Weimar wissen zu müssen – jederzeit auszuatmen, auszuflüstern, auszustöhnen bereit sind, jeder von uns, sei er noch so ungebildet (die Schönheit eines Körpers, eines Sommers, einer Landschaft, der Geschmack eines Gebäcks, der Geruch von Ruinen – alles Mögliche kann aus uns hervorbrechen, weil es zum Glück unzählige Spielarten der Liebe gibt und noch mehr Möglichkeiten, sie zu empfinden).

Als ich mich einmal vor dem durch dichte Hecken geschützten Haus von T. S. Eliot in der Nähe von Burnt Norton herumtrieb, bin ich auf genau dasselbe gestoßen (zum Teufel mit der Kultur und all ihren Reminiszenzen!):

Time past and time future
What might have been and what has been
Point to one end which is always present.

Weshalb ich hier »genau dasselbe« bemerkt habe? Nun, Eliot hat dieses »Gegenwärtige« quasi über alle anderen Fiktionen gestellt und praktisch zugegeben, daß es uns, wie immer wir »alles andere« nennen wollen, dennoch nur geleitet, begleitet, unterlegt, schattiert. Das Gegenwärtige ist das Absolute. Aber warum steht dort »*end*«? Ende der Zeiten? Das Gegenwärtige als finale Konzentration des Illusionären? *Jetzt* als *niemals*? Endgültiges, tödliches Anhalten des »Weimarer« Augenblicks, verkörpert im nächsten Selbstmord der lyrischen Energie?

Ich habe nicht immer Gelegenheit, in einem philosophischen Kommentar nachzuschlagen oder mich in Augustinus oder wenigstens in Proust zu vertiefen. Ich würde unvergleichlich mehr verstehen, wenn ich zehnmal so viele weise Bücher lesen und sie im Gedächtnis behalten könnte. Doch geschieht mir das, was uns allen geschieht: Ich lebe in der Zeit, ich durchlebe sie, ich vergehe mit ihr und bilde anscheinend keine Ausnahme; ich gehe in dieselbe Richtung wie die anderen. Mir bleibt nur das Bemühen, von den Veränderungen, Verlusten, Abgründen zu sprechen. Demnächst werde ich vierzig, also habe ich mir ein minimales Recht darauf erworben. Die neue Zeitrechnung, das Leben jenseits des Jahres 2000, Teil 2 (trauriger) – all das hat längst begonnen: derselbe Roman, in dem plötzlich ein anderer Held auftaucht, dieselbe TV-Serie, wo derselbe Held von einem anderen Schauspieler verkörpert wird, beschleunigter Abwärtslauf, Laternen, die wie Scheinwerfer vorbeihuschen, Spitäler, immer öfter Beerdigungen, denen ich beiwohnen muß, unmotivierte alkoholische Durchbrüche in ein Paralleluniversum, Zittern und Raserei, Tachykardie, Sauerstoffmangel, schließlich: Angst pur.

Erst jetzt lerne ich die Gegenwart zu lieben. Noch vor zwanzig Jahren (so lange lebt man ja gar nicht!) hatte ich mich mit Haut und Haaren der Zukunft verschrieben und liebte sie wie mich selbst. Ich wünschte mir sogar heiß und innig, diese Zukunft möge schnellstmöglich beginnen, die Zeit möge, wie man zu sagen pflegt, im Fluge vergehen; ich war eins mit meiner Zukunft und sicher in dem, wovon sich noch Epikur zu überzeugen versuchte: »Solange wir leben, gibt es keinen Tod, und wenn er kommt, dann sind wir nicht mehr da.« Ich konnte es natürlich nicht so brillant formulieren. Wahrscheinlich hätte meine schlecht formulierte Sentenz weniger überzeugend, dafür aber aufrichtiger geklungen: »Warum versucht man sich von der Zukunft zu distanzieren? Warum sollten wir Angst vor ihr haben? Sie ist doch ewige Erneuerung, bringt neue Möglichkeiten, neu zu genießende Wirklichkeit: neue Frauen, Gedichte, Reisen, Masken. Und was die neuen Verluste betrifft, so sie sind ja dazu da, um uns über die Grenzen der Zeit hinauszutragen, die Grenzen der Zukunft zu überwinden, die Grenzen unserer selbst, d. h. sie gehen uns nicht mehr an. Ja, die Verluste gehen uns nicht mehr an.

Das wird alles ziemlich verwickelt und dubios. Es war besser, sich der Freude zu überlassen, den Wein in den Schloßruinen zu trinken und die Beschwörung frei nach Epikur zu wiederholen: »Solange wir leben. Solange wir leben.«

(9. Bildungsroman)

Solange sein Vater noch lebte, wußte mein Vater, daß über ihm ein Riese stand. Er lebte sein Jugendlichenleben, ging aufs Gymnasium, wo er Lateinunterricht hatte, raufte auf der Straße mit den Volksdeutschen und zeichnete in seine Schulhefte die ersten Mädchen, die irgendwie alle wie Marika Rökk aussahen. Im Frühjahr 1944, als Großvaters Ordonnanzoffizier den silbernen Ring und das Zigarettenetui brachte, erschauerte er zum ersten Mal in seinem Leben bei der Berührung mit echter männlicher Einsamkeit. Seine Schwester war im Vorjahr im Dnister ertrunken. Die Mutter hatte es kaum verwunden, und nun der Tod des Ehemanns. Mit seinen vierzehn Jahren begriff mein Vater auf einmal, daß er Verantwortung trug.

»Die Russen kommen!« hörte man von allen Seiten, man solle schleunigst seine Habseligkeiten zusammenpacken.

Und in der Tat kroch aus dem Osten die Front unerbittlich heran, die Russen kamen. Was das bedeutete, brauchte man ihnen, Augenzeugen der mit Menschenleibern vollgestopften Gefängnisse und Keller, nicht zu erklären. (*Die letzten Junitage 1941, merkwürdige Zeit zwischen den Russen und den Deutschen, klebrig verschwitzte Hemden, Leichengestank in der Hauptstraße der Stadt, geht hin, eure Angehörigen zu identifizieren!*)

Zwischen Russen und Deutschen eingezwängt zu sein ist die historische Bestimmung Mitteleuropas. Die mitteleuropäische Angst schwankt historisch zwischen zweierlei Sorge hin und her: die Deutschen kommen, die Russen kommen. Der mitteleuropäische Tod, das ist der Tod im Lager oder im Gefängnis, ein kollektiver Tod. *Massenmord, Säuberungen.* Die mitteleuropäische Reise, das ist die Flucht. Aber woher, wohin? Vor den Russen zu den Deutschen? Oder vor den Deutschen zu den Russen? Gut, daß es auf der Welt im Notfall noch Amerika gibt.

Seine mitteleuropäische Reise absolvierte mein Vater in den Jahren 1944-45. Es war wieder so ein Zug, diesmal ein Zug mit Flüchtlingen, Menschen aller Art, die man »galizische Intelligenzia« nannte: Ingenieure, Ärzte, Juristen, *Gymnasialprofessoren*, Zeitungsredakteure, groteske Politiker und Gewerkschaftsschwindler nebst ihren Frauen (Aktivistinnen, Frauenbündlerinnen, »Aufklärerinnen«), Kindern, Dienstboten und Haustieren, insbesondere Katzen; der Zug beherbergte vorübergehend auch ein paar Laienspielgruppen mit ihren ethnographischen Requisiten, ein paar Bibliotheken, Archive, Museen, eine Druckerei, eine Bandura-Kapelle mit ihren Instrumenten, einen gemischten Kirchenchor, sogar eine tragbare Kirche und vieles mehr. Das war ein tolles Durcheinander mit internen Überlebenskämpfen, Intrigen, Ehebrüchen und Mesalliancen. Der Zug kam furchtbar langsam voran, er hielt lange auf freiem Feld oder an menschenleeren Stationen, fuhr sinnlose Schleifen und Umwege und nährte sich vorwiegend von Gerüchten und Ängsten: »Die Russen kommen!« Diesmal werde man sie aber bestimmt an der Linie Kowel – Brody – Ternopil aufhalten, versicherten die Berufsoptimisten, die sich vorsorglich mit falschen Papieren versehen hatten.

Gleichwohl gab es eine allgemeine Bewegung nach Westen, und durch Zufall steckte mittendrin jenes traurigste aller Paare – Mutter und Sohn, herausgebrochen aus einer einst glücklichen Familiengeschichte mit Weihnachtsabenden und Fahrradtouren zu viert in den Bergen, Fragment eines Glücks, das nun knirschend von der Mechanik des Seins zermahlen wurde. (Er erinnerte sich genau, wie lange und eindringlich man auf sie eingeredet hatte, daß es unbedingt notwendig sei, zu fahren, zu fliehen, sich aus dem Staub zu machen, und wie sie das Argument der drohenden Gefahr gar nicht verstand (*welche Gefahr kann es noch geben nach all dem, was passiert ist?*); wie sie für Augenblicke erstarrte, als lauschte sie auf etwas anderes, Inneres; wie sie sich jedesmal eine neue Zigarette anzündete, eine starke Männersorte; wie sie schließlich mechanisch irgendwelche Sachen zusammenpackte und ihr darüber der letzte Zipfel gesunden Menschenverstands entglitt (*warum ist der da noch lebendig, wo doch die anderen nicht mehr sind?*); sie vergaß das Nötigste, dachte statt dessen nur an den Ring, das Etui, ein paar Haarlocken der Tochter, die man ihr abgeschnitten hatte, bevor man sie in den Sarg legte.

Von Lemberg brauchte der Zug unerträglich lange bis Przemyśl, dort stiegen Dutzende von Verwandten ein, darunter ihre Schwestern und der Bruder, ein Schwall von Mitleid und Trauer, doch warum dieses geheuchelt gehechelte Mitgefühl? »Arme Irena«, sagten sie, »arme Irena.« Wo doch der Tod ihres Mannes in den Augen der anderen nur folgerichtig war: Hat es ja selber so gewollt! Klare Sache! Sie mochten ihn nicht besonders, als er noch lebte, vor allem wegen seines ungehörigen Landserhumors. »Er hat sich in den

Tod gelacht«, sie schüttelten die Köpfe und betrachteten mißtrauisch den Sohn, an dem sie schon ein paar schlechte Charakterzüge des Vaters bemerkten; er sprach nicht besonders höflich, mied Gesellschaft, sonderte sich ab (*»Er wird doch nicht etwa masturbieren, Irena?«*), ein paar Mal wurde er beim Rauchen erwischt.

Unterdessen fuhr der Zug direkt hinein in den Monat Mai, der war in diesem Jahr ziemlich regnerisch und kalt, hinter Krakau ging es dann aus irgendeinem Grunde nicht weiter nach Wien, sondern in südlicher Richtung, und schließlich machte der Zug für einige Monate in den Bergen halt, in den von zartem Grün verschleierten Ahornwäldern. Allen Reisenden war es erlaubt, ihr Geschäft zu betreiben: die Rechtsanwälte rechteten, die Ärzte verarzteten; die Ingenieure, die Redakteure, die Politiker, alle kamen sie wieder zu sich, spielten Karten in ihren neuen Unterkünften, das Theater brachte es sogar fertig, »Die Hochzeit von Hotschariwka« aufzuführen und mit den Proben für »Wo die Sägespäne rauschen« zu beginnen, die Druckerei ratterte, sie druckte Aufrufe der Frauenbündlerinnen, die vorübergehende Okkupation der Ukraine und die Syphilisprävention betreffend. Sogar die *Gymnasialprofessoren* fanden Verwendung für sich, indem sie den Schulbetrieb wiederaufnahmen, und mein Vater tat so, als ob er weiter Latein lernte, er fuhr mit seinen Altersgenossen täglich von Żegestów nach Krynica. Nach dem Unterricht gab es eine Freistunde bis zur Abfahrt des Vorortzuges, und jedesmal opferte er sein am Schulfrühstück gespartes Taschengeld, um mit der legendären Zahnradbahn von Krynica zu fahren, jenem eisernen Gaul der polnischen Tourismusindustrie. (Heilquellen, malerische Umgebung und die Hautevolee aus Warschau, inklusive Kavalleriegeneräle, Genies in Sachen Defensivstrategie und Opernsüchtige – das alles kannte er noch aus den dreißiger Jahren, aus Illustrierten und Filmzeitschriften.) Er blieb dann eine Weile auf dem Berg, schaute hinab auf die Hänge, Wälder, auf die Dächer des Städtchens, auf die ganze Lemkiwtschyna, übte sich darin, die umliegenden Berggipfel zu unterscheiden – Jaworzyna? Magura? –, immer einsam, immer unverstanden (*»Verheimlicht er nicht etwas, Irena?«*). Dann tauchte der Zug aus Muszyna auf, und während er in den Bahnhof einfuhr und wieder hinaus nach Piwniczna, gelang es meinem Vater, den Berg hinunterzulaufen und gerade noch in den letzten Waggon einzusteigen, nur um nicht mit den anderen fahren zu müssen.

Er verheimlichte tatsächlich etwas – vor allem den katastrophalen Altersrückstand, er war ja erst fünfzehn. Die Zeit schleppte sich zähflüssig dahin, wenn auch schon einen Monat später wieder das Signal zum Aufbruch ertönte: die Russen kommen. An der Front hatte es einen Durchbruch gegeben, man mußte seine Sachen packen und fliehen, nur fort aus der Ukraine, sollte sie doch der Schlag treffen mit allen ihren unsichtbaren Helden.

Also wurde derselbe Zug wieder mit Flüchtlingen besetzt (die Gruppe der Advokaten und Schieber war größer, der gemischte Chor nun ein wirklich gemischter geworden, eine unzertrennliche Familie, denn *in der Zwischenzeit* hatte jeder mit jedem geschlafen, wenn auch nichts davon nach außen dringen durfte). Gelbe Flüchtlingsausweise garantierten künftige Fürsorge und Unterstützung. Einige Leute waren freilich spurlos in den Labyrinthen der Gestapo verschwunden, wie Steine im Wasser. Das ist nun mal das Schicksal dieser verdächtigen Galizier: die Russen vernichten sie wegen Kollaboration mit den Deutschen, die Deutschen wegen Kollaboration mit den Russen. Ein paar Schwerkranke blieben für immer in dieser heilkräftigen gebirgigen Gegend, im mineralischen Innern der Erde, näher an den Quellen.

Der Zug fuhr weiter, aber vielleicht war es längst ein anderer, jetzt kam die Slowakei, Quintessenz des Zentrums und Europas, Land der Verbündeten, ein damals freilich schon liquidiertes Satellitengebilde mit einem Priesterpräsidenten an der Spitze. Sie passierten unzählige Tunnel und Brücken über Wildbäche, rechts und links Berge, unglaublich wohlschmeckende Namen von Bahnhöfen, Städten und Städtchen, leicht zu merken und leicht wieder entschwunden: Stara Lubovnia, Liptovský Mikuláš, Kežmarok, Poprad, Žilina, Púchov (der Zug nimmt auch weiterhin einen unvorhersehbaren Kurs; anscheinend wissen die Berliner Strategen, denen er zweifellos untersteht, selbst nicht genau, was sie mit ihm vorhaben, also wird ununterbrochen improvisiert, vielleicht will man die verschiedenen Geheimdienste der anderen Seite verwirren, den russischen SMERSCH, die Roten Slowaken und den Intelligence Service – nun ja, offenbar liegt den Deutschen viel am ukrainischen Laienspiel). Unter den Flüchtlingen kursierten vor allem zwei Versionen: nach der einen (realistischen) war immer noch Wien das Ziel, anschließend sollten alle im Reich verteilt werden, jeder an einen anderen Ort, man kennt das ja: *Jedem das Seine*; nach der zweiten (phantastischen) Version war der Zug schon lange Zeit führerlos; dem Trägheitsgesetz gehorchend werde er von irgendwelchen Eisenbahndämonen gezogen, und böse Kräfte des Jenseits hätten schon einen für ihn bestimmten schwarzen Tunnel hergerichtet, an dessen Ende sich der ewige Abgrund auftue; nun ja, auch diese Version lief auf das Unabwendbare hinaus: *Jedem das Seine.*

Von Zeit zu Zeit sah man an den Hängen zerfallene Burgen; mein Vater starrte zu diesen Fragmenten einer früheren Ganzheit hinauf mit der unheimlichen Wachsamkeit eines wandernden Kriegers. Hin und wieder unternahm er während eines wie üblich grundlosen Aufenthalts einen Spaziergang hinauf zu den Burgruinen, obwohl das eigentlich verboten war. Dort konnte er gut nachdenken und beobachten, die unterirdischen Bewohner schmiedeten Schwerter für ihn, er setzte das Horn an die Lippen und rief von der Gerlsdorfer Spitze herab die Himmelsarmee zusammen. Wenn er zurückkam, fielen die Tanten über ihn her (*»Er wächst auf wie* *ein Wilder, Irena!«*). »Laßt ihn in Ruhe«, sagte sie, »er zeichnet wie unser Vater, und er schreibt kleine Erzählungen, aus ihm wird noch ein Künstler.«

Das Städtchen, in dem sie kurz vor Wintereinbruch haltmachten, hieß Holič und lag an der imaginären Grenze zu Mähren. Es gab neue Versuche, ein seßhaftes Leben zu führen; vor allem fanden Theaterproben statt. Vater wurde in einem Stück über Kosaken für die Rolle des Dzura engagiert, er hatte nur zwei kurze, blitzschnelle Auftritte, mußte aber mit einem Holzsäbel fechten. Seine großen Erfolge feierte er aber beim Fußball. An einem Sonntagnachmittag forderten die einheimischen Kicker den einsamen ausländischen Zuschauer freundlich auf, mitzuspielen. Er zeigte sich von seiner besten Seite, schoß ein paar Tore, und zum Schluß – es gibt solche Tage! – sprang er für den Torwart ein und hielt einen Elfmeter. Man bot ihm sofort einen Platz in der Mannschaft des FC Holič an, und eine Woche später lief er auf, im roten Trikot mit schwarzen Streifen, bei einem Spiel der slowakischen Liga gegen die »Union« aus Skalica. Das Spiel war ziemlich brutal, bei »Union« spielten überwiegend ältere und massive Bullen, fast alles Gendarmen und Feuerwehrleute. Im Laufe des Spiels bekam er mehrere Tritte in die Beine ab, auch einen Schlag in den Nacken, aber in der zweiten Halbzeit, als seine Gegner schon ziemlich *ausgepowert* waren (die Nachwirkungen des Sliwowitz vom Vorabend), schoß er sein Tor. Er humpelte kläglich vom Platz, aber unter Applaus, das waren seine fünf Minuten des Ruhmes; zum ersten und letzten Mal in seinem Leben bekam er Beifall, und der Trainer des FC Holič, Bäckermeister und ein dämlicher Slawophile, drückte ihm die Hand und erklärte mit Tränen in den Augen, er werde ihn endgültig in die Mannschaft aufnehmen.

Doch da wußte noch niemand, daß der Zug mit den *displaced persons* zwei Tage später weiterfahren würde. Die Russen waren schon wieder in der Nähe, ihr Führer gab ihnen wenige Wochen, um den Krieg zu Ende zu bringen, sie sollten den Feind in seinem eigenen Lager erlegen, unmittelbar in seiner *Wolfsschanze*, die Lage duldete keinen Aufschub: Mitteleuropa verlangte nach Befreiung, die kostbarsten Perlen der Kultur waren vermint, die Brudervölker riefen über »Radio Moskau« um Hilfe, allen war längst klar, daß die Deutschen zum zweiten Mal in diesem Jahrhundert eine Niederlage erleben würden, deshalb war es völlig unverständlich, daß der Zug nach Wien beordert wurde; in Wien mußten sie alle aussteigen, direkt im Bahnhof *Wien Nord*, wo sie dann in Erwartung weiterer Anordnungen einige Tage und Nächte zubrachten, ab und zu floh man vor den Angriffen der Bomber in die Luftschutzkeller, zusammen mit ein paar hundert Flüchtlingen aus dem Osten und vom Balkan, *diversen Vaterlandsverrätern, nazistischen Henkersgehilfen,* Provokateuren, Tscheka-Agenten, alten UNR-Emigranten, Gestrandeten aus anderen Ländern, Frauen, Kindern und ähnlichem Pack.

(»Du mußt unbedingt im Prater mit *dem Riesenrad* fahren!« predigte mir der Vater vor meiner Abreise nach Wien. Das war sein einziger bleibender Eindruck von der halbzerstörten Donaumetropole: das Teufelsrad, das *Riesenrad* im Prater; er ist damals trotz allem Riesenrad gefahren, hat auf die Donau hinuntergeschaut, hinüber zum *Stephansdom*, zum Rathaus und zur *Votivkirche*, fast aus der Position eines Jagdfliegers hat er auf die rauchende, ausgehöhlte Stadt geschaut, er hat es gerade noch geschafft, denn ein paar Tage später haben die Alliierten (oder die Bolschewiken?) den Prater bombardiert und das Rad vollständig zerstört, damals aber funktionierten diese Attraktionen – wie auch alles andere im deutschsprachigen Teil der Welt – noch perfekt, ungeachtet des Krieges und der allgemeinen *humanitären Katastrophe.* »Du mußt unbedingt *Riesenrad* fahren!« sagte er mir fünfzig Jahre später, als er vom Bett schon nicht mehr hochkam, ich war gekommen, um mich vor der Abreise zu verabschieden, aber was brauche ich denn *dieses Scheiß-Riesenrad*, ich mit meinen siebenunddreißig Jahren, wollte ich antworten, doch glücklicherweise habe ich geschwiegen. Vaters Begeisterung für die verschiedenen Wunderdinge verlangt einen genaueren Blick: Wanderzirkus, Tiergärten, Reptilienschau, Motorradartisten, Inszenierungen von Wolf Messing oder ein chinesischer Zirkus aus der Frühzeit von Mao Tse Tung tauchten immer wieder in seinen Erzählungen auf, genau wie die Zahnradbahn in Krynica und – etwas ganz Besonderes! – der durchsichtige Mensch, ein verstellbares Exponat aus Glas, das während der deutschen Zeit nach Stanislawiw gekommen war, ein Werk preußischer Gedankendisziplin und naturwissenschaftlichen Genies, unersetzlich beim Studium der menschlichen Anatomie. Unter der gläsernen Oberfläche des Körpers konnte man Lage und Funktionsweise der nachgebildeten inneren Organe in Augenschein nehmen, Blutkreislauf, Ausscheidung von Galle, Magensaft, Lymphe, Speichel, Harn, Sperma, alles war entsprechend eingefärbt und befand sich in ständiger Bewegung und Wechselwirkung. Mein Vater ging fast täglich hin; nach zwei Wochen wurde der durchsichtige Mensch in einen Spezialkoffer gepackt und in einem kugelsicheren Zug weitertransportiert, wahrscheinlich in Richtung Zalitschyky – Ternopil.

Der Bahnhof *Wien Nord* wurde von den Alliierten bombardiert, in der Nacht, kurz nachdem Vater und seine Mutter ihn verlassen hatten (der Tod konnte mit ihrem Takt offenbar nicht Schritt halten). Schließlich fiel bei den unbekannten, offenbar in Panik geratenden Berliner Strategen eine Entscheidung: Gemeinsam mit den Verwandten und ein paar Dutzend anderen Flüchtlingen wurden die beiden, nachdem sie zwei Wochen lang in einem riesigen Barackenlager am Stadtrand von Wien herumgesessen hatten, ins Landesinnere verschickt, in einen Ort namens »Sitzgras« oder so ähnlich. (Ihr werdet diesen Ort auf keiner Landkarte finden, ich habe gesucht und weiß, wovon ich rede, und doch habe ich dieses typische »Sitzgras« vor Augen: die Gotik der Kirche, die Turmuhr, die Straße mit Postamt und Weinkeller, das Gurren der Tauben, auf dem Berg ein alter Baronssitz, *ein Schlößchen,* die Kastanienallee, die Alpen am Horizont, eine Wassermühle und Baden im grünlichen Wasser. Anders kann es einfach nicht sein!) Und während der Krieg dem Ende entgegenging, während die letzten blonden Bestien ihr Leben für das Tausendjährige Reich vom Atlantik bis zum Indischen Ozean einschließlich Transsylvanien und Skythien opferten, während die Österreicher lautstark erklärten, sie seien doch nur Österreicher und keine Faschisten, während all das geschah, gewann der Frühling die Oberhand, mein Vater hatte seine letzten Unterrichtsstunden in der toten Sprache und in den anderen abgesessen. Dann kam der Sommer, die amerikanische Militärverwaltung wußte nicht, was sie mit den *displaced persons* anfangen sollte, vorerst fütterte sie die Leute noch mit Salznüssen durch, mit Dosenbier und prall gestopften kurzen Zigaretten in gelben Schachteln mit Kamel und Pyramide drauf. *»Ein Glück, daß es die Amerikaner sind«*, wiederholten die Tanten ein ums andere Mal, *»Was für ein Glück, daß es nicht die Bolschewiken sind!«* Jede von ihnen kannte ein Dutzend Patiencen, mein Vater erinnerte sich später noch an einige: »Rot und Schwarz«, »Solitär«, »Porträtgalerie«. Manchmal verschwand er für längere Zeit in den kürzlich verstaatlichten vormaligen Baronswäldern der Umgebung, und niemand wird je erfahren, was er in diesem Sommer erlebt, mit wem er sich getroffen hat unter dem Dach einer Jagdhütte, unter der tausendjährigen Eibe, im Visier eines Yankee-Postens, unter einem Busch, und niemand wird erfahren, wie oft, und wie sie geheißen hat...

I'm sorry, sagte zu seiner Mutter bei Herbstbeginn die Frau *officer*, eine Person mit unweiblicher trockener Stimme und Haut, *I'm sorry but you have to return home. With your son*, fügte sie hinzu, um alle Zweifel auszuräumen, und dann wiederholte sie dasselbe in gebrochenem Polnisch. Es handelte sich um nichts anderes als um die Erfüllung von Bündnisverpflichtungen gegenüber Josef dem Roten: man mußte Moskau alle ehemaligen Untertanen ausliefern. Das Ganze wurde mit dem schönen Wort *Repatriierung* benannt, denn auf Lateinisch bedeutet *patria* Heimat, das wußte er noch, und er erinnerte sich auch noch an das geflügelte Wort *dulce et decorum est pro patria mori*, das er auf Anordnung des penetranten Pedanten Professor Tschajkiwskyj einhundertfünfzigmal in sein Schulheft schreiben mußte.

Niemand außer ihnen beiden, auch keine von Mutters Schwestern mit ihren *relatives*, wurde zur Heimkehr verurteilt, weil keiner von ihnen auch nur eine Sekunde lang Staatsbürger des Landes Ein-Sechstel-der-Erde gewesen war. Aus diesem Grunde wurden sie von der Militärverwaltung als Westler angesehen, als Bürger der freien Welt, die folglich in dieser freien Welt bleiben durften. »Arme Irena«, sagte die Schwester, »was wird sie dort drüben wohl erwarten?« Einer redete von Flucht, Fälschung der Papiere, Vernichtung des alten Ausweises, Namensänderung, ein anderer schlug vor, möglichst rasch wieder zu heiraten. »Bloß das nicht!« antwortete sie, während ihr schlagartig klar wurde, wie sinnlos eine Flucht wäre: sie würde niemals weglaufen können, nicht vor sich selbst, nicht vor ihren Träumen, nicht vor der Stimme ihres Mannes an jenem Morgen, in jener morgendlichen Ruhe vor dem Sturm.

»Schließlich werde ich dort näher bei den Gräbern von Radusia und Mark sein«, sagte sie zum Abschied zu ihren Geschwistern, und es war sonnenklar, daß sie sich zum letzten Mal sahen. »Du hast immer so getan, als ob du es alles selbst gewollt hättest«, sagte die älteste Schwester und schneuzte sich.

Zurück fuhren sie dann in einem russischen Militärauto. Dem Vater gefiel der Fahrer mit den Schulterklappen überhaupt nicht, aber er schwieg angespannt; der Fahrer kam aus

Odessa und war nur mit dem Gedanken beschäftigt, wie man die Anwesenheit der *damotschka* im Auto ausnützen könnte, mit den Fritzen geflohen, die Schlampe, hat sich bestimmt hingelegt für die, mir doch scheißegal. Allerdings ist sie auch nicht mehr ganz jung, und der erwachsene Jüngling schaut mit seinem Rabenblick, in Ordnung, scheiß drauf, leb wohl, ich laß dich in Ruhe. »Die Uhr, gib die Uhr her!« schrie er sie an, um wenigstens irgendwas zu kriegen.

Diese Rückkehr war eine bedingungslose Kapitulation; dieselben Landschaftsbilder fuhren rückwärts, es gab inzwischen weit mehr Ruinen, die Züge waren vollgestopft mit besoffenen Soldaten und erbeuteten Koffern, es erinnerte an den schlimmsten aller möglichen Träume: Kommandanturen, Bahnhöfe, Flöhe, Schlangestehen für Reisepapiere – und katastrophal schrumpfte und verschwand in der Ferne Europa. Im Spätherbst klopfte meine Mutter dann an die Tür des Hauses, das einmal ihnen gehört hatte, und so endete diese absurde Flucht aus Ägypten, eine Reise in die Zukunft und zurück. Die Locken der Tochter, der Ring und das Etui sind unversehrt geblieben – was will man mehr?

Und was kann ich noch wollen, ich, das unmittelbare Ergebnis dieser Heimkehr?

(10. Thriller)

Mein Vater war zweifellos ganz anders als ich.

Im September 1959 holte er meine Mutter regelmäßig von der Abendschule ab, wo sie Kurse für Buchhaltung belegt hatte. Er war neunundzwanzig, Mutter neunzehn, und er nannte sie *die Kleine*. Sie lebten schon mehr als zwei Jahre zusammen (eine etwas seltsame Verbindung von Erfahrung und Jugend), und *die Kleine* wurde schließlich schwanger. Den ganzen September über besuchte sie die Abendkurse für Buchhaltung, und *der Große* kam immer gegen elf, um sie heil und unversehrt nach Hause zu bringen. In jenen Jahren (wie in allen darauffolgenden) war die Stadt nachts schlecht beleuchtet, die Straßenlaternen wurden von Rowdys demoliert, das Zentrum mit seinen einstöckigen Villen und kleinen Häusern, überwiegend aus der österreichischen Zeit, glich einem dunklen und düster widerhallenden Labyrinth, es erinnerte an eine Mondlandschaft. In einer solchen Nacht wurde das Stalin-Denkmal auf dem Bahnhofsvorplatz restlos liquidiert; am nächsten Morgen war nur noch ein Erdhügel übrig, und auch der wurde bald liebevoll in ein Blumenbeet umgewandelt. Gefahren lauerten auf Schritt und Tritt, besonders für junge Frauen. Das dachte jedenfalls mein Vater.

Er war kein Aufschneider, und wenn er ein Klappmesser bei sich trug, dann nur aus einem Grunde: Er liebte es, in jeder freien Minute im Wald Messerwerfen zu üben, und meistens traf er auch (Birken- und Fichtenstämme, leises Herabtröpfeln der Säfte). An diesem Abend hatte er kein Messer dabei, was vorläufig nur uns bekannt ist.

Irgendwo zwischen der Synagoge (dem Klub des Medizinischen Instituts) und dem damaligen Theater (das populäre Stück »Kalynowyj haj« war vor einer halben Stunde zu Ende gegangen, und alle hatten sich verlaufen) verstellten ihm drei Gestalten den Weg. Sie waren irgendwoher aus der Dunkelheit gekommen, aus einem Mondkrater herausgekrochen, vermutlich müssen wir uns das vorstellen wie den Auftritt der Vampire in dem berühmten Videoclip von Michael Jackson – *zwei halb-kahlgeschorene Jungs und eine junge Schlampe* mit einer angebrochenen Flasche in der Hand. »He du!« sagte der eine zu meinem Vater. »Haste mal ne Kippe?«

Es war die Zeit einer neuerlichen Migration. Seit der zweiten Hälfte der fünfziger Jahre hatte man die Vorstädte erheblich ausgebaut, und diese Chruschtschow-Wohnblocks wurden von allem möglichen auswärtigen Volk bezogen, für das dann entsprechend immer neue Fabriken und Kombinate gebaut wurden, *Kultur- und Freizeitstätten, Militärstütz-*

punkte. In der Stadt wurde spürbar mehr Russisch gesprochen als irgendeine andere Sprache, und im Zusammenhang mit *der Erneuerung und Umgestaltung des Gesichtes der Wirklichkeit* stellte die lokale Verwaltung ernsthafte Überlegungen an, wie man den Namen der Stadt abändern könnte – vorgeschlagen wurden Prykarpatsk oder Komsomolsk-Prykarpatskyj.

»Wo hab ich nur dieses verdammte Messer?« dachte mein Vater und fingerte in seinen Taschen herum. »Na bitte!« Er bot ihnen eine offene Schachtel PRIMA an. »Weißte was, ich nehm zwei«, sagte der eine und nahm gleich sechs oder sieben. »Nimm, was du brauchst », antwortete mein Vater, als ihm dämmerte, daß er das Messer zu Hause gelassen hatte, im Förstermantel. Sie lachten und teilten die Zigaretten unter sich auf. »Dein Glück, daß du welche dabei hattest«, sagte der zweite, und sie kicherten wieder, und *die Schlampe* brach in ein idiotisches Lachen aus. An dieser Stelle hätte man seiner Wege gehen können – sie waren so gnädig und ließen von ihm ab. Doch er fragte nach, mit eben der gleichen ruhigen Stimme, wie sein Vater seinerzeit »Die können mich mal!« gesagt hatte, er erlaubte sich zu fragen: »Und was, wenn nicht?«

Sie hörten auf zu grinsen und wandten sich ihm wieder zu. »Wirste gleich sehen«, sagte der zweite gedehnt.

Nach diesen Worten lohnt es sich, den Film ein bißchen zu verlangsamen (damals kam gerade die Zeitlupe in Mode). Also, wir beobachten, wie ein Teil meines Vaters – sein Astralleib – sich von ihm trennt, beiseite tritt und die automatisiert-perfekte Reaktion des Körpers beobachtet. Der Körper weicht dem ersten feindlichen Schlag aus und pariert ihn sofort mit einem linken Uppercut (es war damals eine Boxepoche, nicht diese Karatekämpfer mit ihren dämlichen Katzenschreien) und schickte einen rechten Haken hinterher. Das genügte, die Typen flogen in alle Richtungen auseinander. Die *Schlampe* kreischte und hob die Flasche, um zuzuschlagen; irgendwas lief heraus. Vaters Körper gelang es noch einmal auszuweichen, die Flasche flog ein paar Meter weit und rollte klirrend über das Pflaster, merkwürdigerweise ohne zu zerbrechen. Vaters Körper gab der *Schlampe* einen Schubs, wodurch sie das Gleichgewicht verlor und sich neben ihren am Boden liegenden Freund setzte. Der andere hatte sich inzwischen wieder aufgerappelt und wackelte verdutzt mit dem Kopf; für Vaters Körper war es an der Zeit, wegzulaufen, was er auch tat, er überquerte den Mickiewicz-Platz (der grünspanige Dichter auf seinem Postament war nicht zu sehen), lief am ehemaligen Hotel »Bristol« vorbei, in dessen Fluren gerade das Gespenst des Komponisten Denys Sitschynskyj herumspukte, und erst in der Halycka-Straße begriff er, daß er nicht verfolgt wurde, woraufhin sein Astralleib in den Körper zurückkehrte.

»Warum zitterst du denn so?« fragte meine Mutter, als er am Schulportal ihre Hand nahm. »Es ist ja nicht Mai!« antwortete er mit einer Redensart, die er mal beim Militär gehört hatte.

Und tatsächlich, es war ja erst September, und ich fühlte mich offenbar ganz wohl da drin, in Erwartung von ALLEM.

(11. Threnos)

Solange wir leben, gibt es den Tod nicht, behauptete der gute alte Epikur. Sobald er kommt, sind wir nicht mehr da. Wir verpassen uns, der Tod und wir, könnte man seinen Witz weiterspinnen. Wir hauen ihm vor der Nase ab. Die er übrigens nicht hat.

Es gibt jedoch ein gewichtiges »Aber«. Es erlaubt uns nicht, uns an der witzigen Entdeckung des alten Genießers zu erfreuen. Es hat damit zu tun, daß wir nicht allein sind. Das »Aber« besagt, daß der Tod zwar nicht zu uns kommt, aber zu denen, die uns nahestehen.

Mein Vater blieb auch nach seinem Tod er selbst, genauso unaufdringlich, anspruchslos und bescheiden, darum bemüht, nicht aufzufallen, nicht zu stören, niemandem Sorgen zu bereiten, niemals um etwas zu bitten. Kein einziges Mal ist er nachts im Haus erschienen, er leuchtete nicht auf der Türschwelle oder am Fenster als blasser Strahl, wie es die anderen Toten zu tun pflegen, insbesondere während der ersten drei oder auch neun Tage nach ihrem Tod, wenn es noch zu schmerzhaft ist, die Verbindungen mit ihnen, die gerade noch die Nächsten waren, zu zerreißen, und man gern noch ein bißchen mit ihnen zusammen wäre, in denselben Zimmern, bei denselben Dingen (die Schachtel PRIMA, die Brille, die Tischlampe, zwei Kartenspiele). Er ließ auch nicht von sich hören, weder um Mitternacht noch im Morgengrauen. Er gab keinen Hinweis auf irgendwelche Geheimnisse, ließ keine Tür halboffen, rief niemanden hinaus auf die Zinnen von Helsingör.

Ganz anders der Großvater. Nachdem sie im Laufe nicht einmal eines Jahres Tochter und Mann verloren hatte, wurde seine Frau gleichgültig gegen Gott und verwandelte sich in eine *überzeugte* Atheistin. Wie schon gesagt, sie rauchte damals sehr viel, und – darüber habe ich noch nicht gesprochen – sie hörte, allen zum Tort, auf, in die Kirche zu gehen. Doch bis zu ihrem Tode versuchte diese *überzeugte* Person, meine Großmutter, ihre Gesprächspartner davon zu überzeugen, daß einmal, Ende der vierziger Jahre, im Winter, im Morgengrauen, *ihr Marko* sie *besucht habe*. »Er redete mich von der Veranda her an, ich schlief nicht mehr, weil ich sehr früh zur Arbeit mußte, als ich plötzlich seine Stimme hörte: ›Ich bin hier, ich bin bei dir.‹ Danach nur ein Schatten auf den Vorhängen – und das war's«, erzählte sie, die Atheistin. Großvater hat sie zur rechten Zeit besucht: es waren ihre schlimmsten Jahre, furchtbarer Mangel, ein Hungerleben (alles, was sie verdiente, ging für die Fachschulausbildung des Sohnes drauf), Einsamkeit, Altwerden – wohin war das Mädchen verschwunden, das von der Veranda aus den Erzherzog Franz Ferdinand im offenen Automobil beobachtet hatte? – obendrein Kälte, Dunkelheit, Winter, die langweilige Arbeit an den Tuberkulosestatistiken und in den Nächten die Näherei, eine zusätzliche Einkommensquelle, um zu überleben, und immer wieder Vorladungen zum »GB«, verbunden mit eindeutigen Absichtsprotokollen. Sie brauchte ihn dringend, diesen überirdischen Besuch, die ausdrucksvolle Soldatenstimme, Worte, die keinen Zweifel ließen: »Ich bin hier, ich bin bei dir.«

Mein Vater aber tauchte nur gelegentlich in meinen Träumen auf – im weiten Umkreis eines anderen Themas, genauso unaufdringlich und distanziert; er wandte sich ab, hob kaum die Hand zum Gruß, ging weg, als ob er sagen wollte: Ich will nicht stören, lebt ruhig weiter. Ich kenne das von ihm, ich kenne das gut.

In meiner Kindheit hing ich an ihm, vielleicht zu sehr; er war ein großartiger Geschichtenerzähler (mit den Jahren waren es immer dieselben, sie wiederholten sich), Autor Tausender ungeschriebener Novellen, ein Held des Waldes (Förster von Beruf, was fast automatisch häufige Abwesenheit von zu Hause und eine heftige Neigung zum Alkohol mit sich brachte). In seinen Geschichten kamen gerettete Tiere vor, eine nächtliche Flucht vor einem Rudel Winterwölfe, was noch – Schießereien, Pferderennen, Feuer. (Ich erinnere mich an den Fluß seines Erzählens, der sich später verlor, an die meisterliche Intonation, die Detailgenauigkeit, die genau berechneten Pausen und die virtuosen Beschleunigungen; er konnte eine Abendgesellschaft buchstäblich fesseln, man hörte ihm voller Spannung zu, und die Frauen verschlangen ihn mit ihren Blicken, so viel Erotik steckte in dieser Erzählerei.) In den dreißiger Jahren, als er heranwuchs, hatte es die illustrierten Westernheftchen gegeben, und noch in den siebzigern hallte das Echo jener amerikanischen Geschichten in seinem Gedächtnis nach (Arizona Jack, sagte er, Alaska Jim, Alabama Joe und Buffalo Bill).

Ich weiß nicht mehr, wie viele Stunden ich am Fenster der besagten Veranda verbracht habe, während ich nach ihm Ausschau hielt und darauf wartete, daß er um die Ecke käme. Darin lag der höchste Sinn meines Daseins: Ich wartete darauf, daß er auftauchte, daß z. B. dieser wohlbekannte Gruß mit der Hand an der Straßenecke erschien, sein Trapper-Western-Gang. Manchmal brachten ihn irgendwelche Leute nach Hause, er fiel angezogen aufs Bett, ich zog ihm die Schuhe aus. Das war mein Fluch, dieser Gestank nach Schnaps und Tabak, der Gürtel, die Uniform, dieses wirre Geplapper (Arizona Jack, mein Sohn, Arizona Jack und Sitting Bull, mein Sohn, und drei Schüsse auf die Wilddiebe). Ich hätte es keine Minute länger auf dieser Welt ausgehalten, wenn er plötzlich nicht mehr da gewesen wäre.

Wir waren Verbündete. Ich habe niemals jemandem verraten, wieviel er getrunken hatte, wenn ich – was schon mal vorkam – Zeuge und Komplize seiner ganztägigen Sauftouren war. Dafür bestellte er mir fast in jeder Kneipe ein Glas trockenen Wein, immer denselben – Rkaziteli. Ich habe nicht abgelehnt, aber ich hätte ihn auch sonst niemals verraten. Unterwegs wurde ich beschwipst, nüchtern, wieder beschwipst, die gutmütigen alten Schachteln hinter dem Tresen erkannten mich, Vaters Freunde (damals waren es Hunderttausende) begrüßten mich respektvoll mit Handschlag, er verlor sich derweil immer tiefer in seinen Geschichten, einige hörte ich zum zehnten Mal, im Schutze der Dunkelheit gingen wir nach Hause, keiner brauchte uns, nur wir uns gegenseitig, wir saßen noch lange auf der Veranda, eingehüllt in Zigarettenrauch und in ein zunehmend sinnloses Dickicht von Wörtern (Karabiner geladen, Blut auf dem Schnee, drei Kilometer bergauf, und ich habe eine Schrotflinte, die können mich mal, was denn für ein Rapport, verpißt euch).

Doch Ende der siebziger Jahre wollte und konnte ich das alles nicht mehr hören, mich interessierte nicht mehr Curwood, sondern Kerouac, ich ging zu meinem Vater auf Distanz, wie es dem Lauf der Dinge entsprach. (Denn in Wirklichkeit ist das Menschenleben furchtbar lang, praktisch durchleben wir nicht nur ein, sondern mehrere Leben, jedesmal schlüpfen wir aus unserer vorigen Inkarnation heraus, und das alles noch hier, auf der Erde, ohne daß wir irgendwelche Korridore des Todes passiert hätten, all das unter Beibehaltung desselben Namens, derselben *Personalregistrierung*, derselben Nummer.) Damals, als ich mich vom Vater und von allem Elterlichen distanzierte, war ich zum ersten Mal dem Angriff der Zukunft ausgesetzt. Sie verlangte nach mir, riß mich mit den Wurzeln aus, ich verließ alles Gestrige (Haus, Veranda, Western, Alpträume aus Schnaps, angstvolles Warten) und begann selbst zu leben. Möglicherweise war das meine erste große Befreiung; ich wurde eine der stärksten Abhängigkeiten los. Aber das stimmt doch gar nicht: Es war eigentlich keine Befreiung, sondern eine Enttäuschung. Der Held des Waldes und charismatische Geschichtenerzähler löste sich vor meinen Augen auf und verschwand in der Vergangenheit. Übrig blieb ein unaufhaltsam alternder Mann, vergeßlich und langsam, der zum lästigen Wiederholen immer derselben Themen neigte (durch zu häufigen Gebrauch welkten sie, nutzten sich ab, ermatteten, verloren ihre ehemalige Elastizität und Unbezweifelbarkeit), übrig blieb ein chronischer Patiencenleger und Griesgram (»Rot und Schwarz« – einmal, »Solitär« – zweimal, »Porträtgalerie« – auch zweimal, und wieder von vorne: »Rot und Schwarz«, »Solitär«, » Porträtgalerie«).

Vielleicht war das mein erster großer Verrat. Vielleicht mein erster großer Verlust. Jeder Verrat ist ein Verlust, was wären wir ohne sie.

Danach lebte er noch zwanzig Jahre (ein ganzer klassischer Roman!). Nur die Distanz zwischen uns verringerte sich nicht mehr. Später gab es noch die langen Stunden am Telefon, während er im Sterben lag. Bis man mir sagte »ja, heute Nacht« (ein paar Schluchzer mit Würgekrämpfen im Badezimmer, wo ich ihn am Montag zum letzten Mal gebadet hatte; mein Blick fiel auf seinen Rasierpinsel, vorbei, vorbei, aber das war doch *sein Rasierpinsel*!).

(12. Intermedium 1)

»Mann, mach zu, entscheiden Sie sich, ich hab heute noch sechs andere Leichen«, sagte die Frau vom Beerdigungsdienst. Mein Vater ist in der Nacht zum Karfreitag gestorben, ein denkbar ungünstiger Zeitpunkt: Feiertag, Feiertag, *der höchste christliche Feiertag* war angebrochen, die Werktätigen wollten feiern, und ausgerechnet jetzt diese Abgekratzten, verdammte Scheiße. »Am Montag!« sagte ich. »Was für ein Montag?! Was für ein Montag?!« Die Beerdigungstante wurde ganz nervös: »Am Ostermontag kommt doch kein Priester zur Beerdigung! So ein Feiertag, und Sie wollen eine Beerdigung! Frühestens Dienstag! Aber bis Dienstag fängt *der* doch schon an *zu schimmeln*. Sehen Sie sich bloß das Wetter an! Wir hatten keinen Frühling, und schon ist Sommer. Also los, morgen. Morgen ist Samstag. Damit es vor dem Fest über die Bühne ist. Schnell unter die Erde, und dann in Ruhe Ostern feiern.«

Meine Kumpels im Auto erwarteten von mir eine Antwort. Es war der erste richtige Frühlingstag am Ende eines furchtbaren April. Im Raum stand in dicken Schwaden ein Geruchsgemisch aus Tauwetter, Buschwindröschen, Tannennadeln, Kerzen, Parfüm, Schweiß ... Unter anderen Umständen hätte mich diese Intensität gefreut (trotz allem hat sie mich gefreut!). »Ich ruf mal kurz zu Hause an«, sagte ich, »nur zwei Worte.«

Meine Mutter am anderen Ende nahm das Telefon nicht sofort ab. »Sie schlagen vor, ihn morgen zu beerdigen«, sagte ich. »Am Montag beerdigen sie nicht, wegen des Feiertags. Entweder morgen oder erst am Dienstag.« Die Telefonleitung war uralt, der Apparat auch. Schwarzes Ebonit, wie bei Antonycz. Mutter hörte nur Geknister und einzelne Worte. Ich wiederholte alles dreimal. »... die Leute werden sagen ... nicht mal ... soll er noch ... das geht nicht ...«, vernahm ich. Ich verstand, ich dachte ja genauso.

»Dienstag«, sagte ich und legte auf. »Wenn Sie uns am Montag einen Bus geben, um die Leiche von der Klinik nach Hause zu holen, dann begraben wir ihn am Dienstag.« – »Gut so«, stimmte die Frau zu, »im Krankenhaus gibt's einen *Kühlschrank*. Wird sich schon halten. Wir haben auch einen, aber der ist voll. Die Leute sterben wie die Fliegen. Besonders vor den Feiertagen.« Ich bezahlte Trauerkränze, Bänder, Aufschriften auf den Bändern, hinterließ *der Künstlerin* Zettel mit dem Text der Aufschriften (trotzdem entdeckte ich nachher Fehler). »Der Sarg wird *gesondert* berechnet«, teilte die Frau mit, obwohl ich das natürlich selber wußte. »Unser Bus kommt zur Klinik. Montag um zehn«, sie händigte mir die Quittung aus. »Danke«, sagte ich am Ausgang. »Frohe Ostern!« – »Gleichfalls«, antwortete sie.

(13. Intermedium 2)

Der Sargtischler war irgendwie aus einem bösartigen Teig geformt; er waberte unterm Hemd, schwabbelte in Wellen. Seine Stimme war unerwartet hoch, solche Stimmen gehören zänkischen Provinztenören oder bösen Clowns. »Schwul«, flüsterte mir Slawko zu und unterdrückte ein vernichtendes Lächeln. »Dieser oder der andere?« Der Sargtischler zeigte auf zwei seiner Meisterwerke, unterschiedlich groß. »Schwer zu sagen, so aus der hohlen Hand«, sagte ich achselzuckend.

Die Särge waren gediegen, aus Eichenholz, glaube ich, abgeflammt mit einem Brenner, und drinnen frische goldene Sägespäne. »Wie groß ist er denn?« Der Sargtischler wurde ungeduldig. »Kleiner als ich«, versuchte ich mich zu erinnern. »Ungefähr so groß wie er.« Ich deutete mit dem Kopf auf den anderen Slawko. »So groß wie Sie. Ganz exakt«, versicherte der erste Slawko dem Sargtischler. »Etwa so?« – Der Sargtischler reagierte blitzartig und legte sich mit für seinen Leibesumfang unerwarteter Wendigkeit in einen Sarg, der wie für ihn gemacht schien. »Nehmen Sie den?« Dann zwinkerte er mir zu: »Ich darf das, ist mein Job. Wie war doch der Name?«

Den Namen schmierte er mit einem Kopierstift auf den Sargdeckel.

Ich zählte siebenundzwanzig neue Scheine ab und reichte sie ihm. Er schlug die Axt in die Holzstütze, auf die der Sarg aufgebockt war, befeuchtete mit der Zunge seinen Zeigefinger. »Denken Sie dran«, sagte er, während er das Geld zählte, »Auspolsterung und Tüll werden *gesondert* berechnet.« Ich legte drauf, was er haben wollte. »In Ordnung«, er stopfte das Geld in die Gesäßtasche der mit Spänen bedeckten Hose. »Wann holt ihr *die Leiche*?« – »Montag um zehn«, sagte einer von uns. »Okay, alles bestens«, er wiegte Bauch und Brust. »Wo könnte ich dich gesehen haben?« Er starrte mich an. »Im Fernsehen«, sagte ich achselzuckend.

(14. Mysterium)

Es war, wie gesagt, Karfreitag, ein Tag, an dem alles plötzlich erwachte und zu klingen begann nach anderthalb Monaten Kälte und Schneeregen. Das Krankenhaus lag weit draußen, fast schon außerhalb, auf den Hügeln, die Pathologie am weitesten entfernt, am Rande des Klinikgeländes, dahinter offene Landschaft: die überwältigende Weite der Felder, der Geruch der Erde, des ersten Grases, blauer Wald am Fuße der Berge und schließlich am Horizont das *Versprechen der Karpaten*, wie Joseph Roth geschrieben hätte. Wir warteten das Ende der Leichenschau ab, um die medizinische Bescheinigung zu bekommen. Auf der Grundlage dieser Bescheinigung bekam man die Sterbeurkunde. Auf der Grundlage der Sterbeurkunde die Erlaubnis zur Beerdigung. Auf der Grundlage dieser Erlaubnis das Recht auf die, delikat ausgedrückt, Rotation allen Seins.

Der Arzt hatte eine Schwäche fürs Philosophieren. Er kam zu mir in den Vorraum, als alles *zu Ende war*, schwadronierend wie ein Doktor bei Tschechow, allerdings ohne Pincenez: »Wissen Sie, in solchen Fällen bleibt uns ein Fünkchen Erleichterung: Gut, daß sein Leiden zu Ende ist. In welchem Verhältnis stehen Sie zu ihm? Der Sohn?« Ich begann aus irgendeinem Grunde von der Injektion zu reden, man solle doch eine Injektion machen, damit die *Leiche* sich länger halte, man wisse noch nicht, wann die Beerdigung sei, jetzt kämen ja die Feiertage usw. Er unterbrach mich: »Haben Sie den Jungs Geld gegeben?« Ich nickte. »Na, dann gibt es keine Probleme, die Injektion wird gemacht. Entschuldigung, glauben Sie an Gott?« Aber ich kam nicht dazu zu antworten, denn er war fertig mit Rauchen, klopfte mir auf die Schulter und ging, die nächste Leiche zu beschauen: Die sterben wie die Fliegen, plötzlicher Wetterumschlag, die Herz-Kreislauf-Kranken halten das nicht aus.

Der Tag war eine Abfolge von Adressen und *Stationen*: Standesamt, Ritualkombinat, *Haus der Trauer*, Sozialamt, Pfarramt, Post. Die Luft erwärmte sich außerordentlich schnell, am Nachmittag zogen sich in der Sonne schon alle was aus, legten die Mäntel ab, die Frauen hatten es irgendwie geschafft, sofort in kurze Röcke zu schlüpfen (der Scheptyckyj-Platz verwandelte sich in einen Parkplatz und war mit Autos verstopft, Ihor suchte seit einer halben Stunde, nur gut, daß er die Parkplatzwächter kannte, die Stadtmitte vibrierte geradezu (Einkauf, Handel, Verkauf, Würste, Schinken, Osterkuchen, Eier, Sahne, Körbe, Hirtentaschen, Umhängetaschen, Kopftücher, Kerzen, kleine Ikonen und religiöse Bildchen, Kreuzchen und Medaillons), vor der Kathedrale eine Schlange, ein paar hundert Meter lang, Anstehen zur Beichte mit anschließender Kommunion, ein *echtes Fließband des Gewissens* (»Sag bloß, wie können die sich auf die Knie werfen in so kurzen Röcken?«) ...

Doch kamen sie *danach* ganz normal heraus auf den Platz, und beruhigt, wie es sich gehört, flüsterten sie in sich hinein: »... zu Deiner Rechten, für Gebete der Allerreinsten Gottesmutter und aller Heiligen.« Und gerade da *ward eine Finsternis über das ganze Land bis an die neunte Stunde. Und es war um die sechste* (da saßen wir gerade im Wartezimmer des Sozialamtes). *Und Jesus rief laut und sprach: Vater, ich befehle meinen Geist in deine Hände! Und als er das gesagt, verschied er. Und die Erde erbebete, und die Felsen zerrissen, und die Gräber thaten sich auf, und stunden auf viele Leiber der Heiligen, die da schliefen. Aber der Hauptmann und die bei ihm waren und bewahreten Jesum, da sie sahen das Erdbeben und was da geschah, erschraken sie sehr und sprachen: Wahrlich, dieser ist Gottes Sohn gewesen!*

(15. Lamento)

Nun ist es tatsächlich passiert, sagte ich zu mir, irgendwann mußte es ja passieren.

Am Montag brachten wir *die Leiche* nach Hause und legten sie auf den Tisch. (*Leiche*, genau, *Leiche*, ich ertappte mich dabei, daß ich aus irgendeinem Grund »Leiche« sagte und dachte, während meine Mutter ihn weiter beim Namen nannte.) Es kamen Dutzende von Menschen, ganze Jahresringe, biographische Verzweigungen, Epochen, Masken, Rollen. Die vierziger, fünfziger, sechziger, siebziger, achtziger Jahre, aus den neunzigern ganz wenige. Die Nachbarn redeten auf uns ein, man dürfe die Soundso nicht an *ihn* ranlassen, sie habe die Gewohnheit, den Toten Gegenstände zu entwenden (Schnürsenkel, Stecknadel, Taschentuch) und diese dann später den Lebenden unterzuschieben, um ihnen Schaden zuzufügen. Wir ließen sie nicht ran.

Der Tod schafft Solidarität unter den am Leben Gebliebenen. Im Angesicht des Todes kommen sie einander näher, zumindest vorübergehend. In Kürze wird das Leben sie alle wieder auseinanderbringen. Aber jetzt sind alle einig, es stimmt, der Tod reinigt vom Unwesentlichen.

»Geben wir ihm das mit in den Sarg«, sagte meine Mutter, »legen wir ihm seine Brille, die Spielkarten, eine Schachtel Zigaretten mit hinein. Und unbedingt Radusias Locken. Sie waren doch Geschwister.« – »Wie du meinst«, sagte ich, »das ist zwar alles ziemlich heidnisch, aber wie du meinst.« – »Im Osten der Ukraine«, mischte sich jemand ins Gespräch, »kommt es vor, daß auch eine Schnapsflasche reingelegt wird. Alles, was der Verstorbene zu Lebzeiten gerne mochte.« – »Schnaps!« wunderte sich die Mutter. »Das geht zu weit!« Immerhin legst du ihm Zigaretten rein! wollte ich schon sagen, hielt mich aber lieber zurück: Wer weiß, wie ich die Sache einmal sehe.

Schnaps, Schnaps, jedem hundert Gramm, jedem hundert Spam, shit, schon wieder Plastikbecher, ich will nicht 100, sondern 150, und ich will Mineralwasser zum Nachspülen, zwei Bier, irgendeinen Saft, und Kaffee, und Pizza, und Pizza-Schmizza, und Fritza, ho ho ho und für mich ein Lächeln, und all das draußen an der Luft, soll doch Ihre dürre Putze das alles raustragen, uff, verfickt noch mal, als ob ich noch immer voller Formalin wär, in der Kehle ein Knoten. (Meine Kumpel haben mir geholfen, *die Leiche* aus der Klinik zu holen, sie haben ihn in die Wohnung getragen und dann um Dispens gebeten. Im Freien ging es ihnen viel besser, ich habe sie beneidet.) *Jeder wie er will, aber ich – Wenn ich nicht trinke, dann beiß ich ins Gras – Gieß mir noch mal voll, worauf wartest du – Wozu nur kommen wir auf diese Welt? – Ich hab's gesagt: grausam – Mir wurde übel, dann mußte ich mich hinsetzen – Dort im Leichenhaus schminkt man sie – Normales*

Konzept – Hast du was an den Händen, Alter? – Wenn nicht, dann schenk mir noch mal ein. – Auf den Verstorbenen, aber ohne anzustoßen. – Solange er nicht begraben ist, darf man das nicht – Genau, er hat recht – Dann auf Jurko: daß er diese Nacht durchsteht – Daß wir alle das durchstehen – Da ist nicht viel zu tragen – Hol mal noch eine – Hier gibt es eine mit Marge – Besser aus dem Geschäft – Dann, nimm zwei – Das Schlimmste dort ist das Treppenhaus – In diesen Chruschtschowkas sollte man besser nicht sterben – man kann dich dann nicht raustragen – Oh, mir ist ein Witz eingefallen – ha ha ha – was, das hat sie gesagt?– Gut, ich kaufe noch eine Flasche, wenn du die Mädels holst – Frohe Ostern, Mädels, Christ ist erstanden – Hat er gut gemacht, he he he – Meine Damen und Herren, ein Gedicht. – Ist der Alte etwa Dichter? – Piotrowa und Panowa sind gestorben – Todesengel in der Luft – Liebe dich nicht selbst, mach einen Sarg – Soll das ein Gedicht sein? – Ja, das ist ein Gedicht! – Bist du etwa so was wie ein Dichter? – Und warum bist du so naß? – Kapier ich nicht – Verpiß dich, blöde Fotze! – Was macht die denn dort im Gebüsch – Ich ziehe sie aus nach Strich und Faden – Ich hab noch Knete für zwei Mal hundert Gramm – Und auf Wiedersehen! – Und dunkel wie im Wald, und ein begossener Montag …

Es hat sich dann aber alles wieder ausgeglichen, denn zur selben Zeit fand über Vaters Körper ein anderes Ritual statt (nach zwei Feiertagen konnte der Diakon nur noch mit heiserer Stimme singen, aber der Priester war makellos): *Christus ist auferstanden, hat durch den Tod den Tod besiegt // Und den Verstorbenen ein neues Leben geschenkt. Christus ist auferstanden, hat durch den Tod den Tod besiegt // Und den Verstorbenen ein neues Leben geschenkt.* Und wieder und noch einmal und viele Male dasselbe von vorn.

(16. Depri)

Kurz vor deinem vierzigsten Geburtstag ist der Tod in dein Dasein getreten, als ob er hier zu Hause wäre. Du hast gewußt, daß es ihn gibt, na und? Er war viel zu weit weg und betraf alle anderen, nur nicht dich. Er war etwas, das nur jenseits der Grenzen deiner Welt passieren konnte. Plötzlich ist er da, er vermehrt sich um dich herum, ausgerechnet, und dir wird klar: von nun an wird er immer häufiger kommen. Das Leben hat sich nach Westen gewandt, die Sonne geht unter in den Buchten des Schweigens, und kein Tag mehr ohne ihn. Schau dir die Verstorbenen an: noch sind sie hier, zwischen Kerzen und Blumen, aber in Wirklichkeit schwimmen sie schon in dem vom Steg gelösten Booten, wiegen sich in ihren Tunneln, schwerelos und verwunschen. Es ist ganz sinnlos, darauf zu warten, daß sie wiederkämen. Und niemand wartet.

Es ist passiert: Dir ist dein Schweben zwischen plus minus Unendlichkeit bewußt geworden, wie vielen anderen auch, wie allen, die vom Tod wissen und mit ihm, den sie in sich tragen, leben. Du hast dich der Mehrheit angeschlossen, du bist einer von denen geworden, für die es auf einmal klar wurde, daß es wirklich grausam ist (»ich weiß, dort wird der Grund eines Brunnens sein ohne einen einzigen Lichtstrahl«, notierte ein polnischer Agnostiker). Du hast physisch, mit deinem ganzen Körper, diese *Grausamkeit der linearen Zeit* gespürt (es gibt nur einen Strom, eine einzige Richtung der Bewegung, und nichts kommt wieder, du wirst nie zweimal in dieselbe Donau steigen und wirst die Zeit nicht einen Augenblick anhalten, und die Jugend kommt nicht wieder, und wir haben keine Wahl). Hier endlich die Ursache: Wir haben keine Wahl. Das ist ja das Grauenhafte.

(Du denkst, ganz wie eine Frau, an das physische Altern, registrierst jede Veränderung an Nägeln, Haut, Haaren, Wimpern, die Müdigkeit der Augen und Wangen, die Erschlaffung der Muskeln, die unverschämten Launen des Penis, die arythmischen Sprünge des Herzens. Du denkst – gleichfalls ganz nach Frauenart – an Frauen, an ihre Blicke. Früher wurde jeder deiner Schritte durch die Energie dieser Blicke beflügelt. Immer schauten mehrere Generationen von Frauen gleichzeitig auf dich – prüfend, erwartungsvoll, herausfordernd, voller Andeutungen und Hoffnungen. Sie werden weniger, diese aufgefangenen Blicke. Zudem scheinen sie von etwas Klebrigem und Verdorbenem überzogen zu sein – das sind nicht mehr die Blicke von damals, sorry. Du hast dich verändert, Krokodil.)

Dabei hatte ich mich doch darauf vorbereitet. Ich habe so viel gelesen, daß es angebracht wäre, alle diese Bücher zu verbrennen, ich habe noch mehr gesehen, ich habe so viele Eindrücke gesammelt, Sekunden, Explosionen, ich brachte mir Kälte und Ruhe bei, ich wußte, daß alles eitel war. Aber warum bedrückt mich etwas – von außen? von innen? Und um mein Haus herum gibt es eine Menge Gespenster, ein Rauschen ohne Ende, Gewinsel, Geheul, die mögen mich nicht, diese Scheißer, sie warten nur darauf, mich zu Fall zu bringen, sich auf mich zu stürzen, mich in Stücke zu reißen, niemand liebt mich. Früher, ja, da haben mich alle geliebt.

Und so lebst du – bestehst ganz aus Angst und Trauer, aus Grabsprüchen, aus verfallenen Friedhöfen, aus deinem mitteleuropäischen Erbe, aus Alkohol und Bravour, aus schwerem, wirrem Barock, aus schwarzen Anekdoten, aus dem Gras des Vergessens, aus Yorick, aus Calderón (»Und was ist ein Traum? Das Leben ein einziger Traum?« stimmt hier schreiend ein lächerlicher Mensch namens Dostojewski ein). Und Gott ist für uns der WURM?!

Unser Leben, dieser nichtige Abschnitt der Gegenwart, ungeheuerlich eingezwängt zwischen zwei grausamen und anschwellenden Massiven – Vergangenheit und Zukunft. All das hat unvorstellbare Ausmaße. Es ist die Ewigkeit *vor uns* und die Ewigkeit *nach uns.* Namenlos schrecklich ist die Leere nach unserem Verschwinden. Aber war denn die Leere vor unserem Erscheinen besser, hunderttausende Jahre Ausharren in Stillschweigen und Finsternis, in den kalten Laboratorien des Seins? Ich kenne keine größere Einsamkeit als die Unsere, keine größere Öde, als die, die über uns dräut.

Warum sollten mich also Vergangenheit, Zukunft interessieren? Ich bin auf mich allein gestellt, ich bin gekommen und werde wieder gehen. *Auf der Exaltierten Straße war ich ein Fußgänger unter Euch.*

Doch etwas bleibt. Etwas wird weitergegeben. Ich spreche nicht von den Genen.

Einmal lebte in dieser Welt, nicht weit von mir (und manchmal unerträglich nahe) mein Vater. Es gibt ihn jetzt hier nicht mehr, doch etwas gibt es noch: die Intonation, eine Geste, eine Wortfolge im Satz, die Pause, das Timbre, den Husten. Das bin ich, das ist er, das sind alle, die vorher und die danach. Ich schaue vom Hügel auf den Wald – und vergesse alles, erstarre, werde still. Und dann plötzlich: Schaut nicht er auf den Wald, ist das nicht sein Blick?...

(17. Chor)

Ein Blick, ein Gruß mit erhobener Hand, eine alte, brüchige Photographie, Geruch der Ruinen, Spaziergang mit denen, die uns am nächsten stehen, ein weißer Hund auf weißem Schnee, der Schatten eines Vogels auf dem Weg – uns werden Zeichen gegeben. In der Öde, der Einsamkeit läßt man uns nicht allein. Das alles ist nicht so tragisch, die Engel lieben uns.

Zum Glück lebe ich in einem Teil der Welt, wo die Vergangenheit ungeheuer viel gilt. Der eine nennt es *Verwurzelung*, ein anderer *Besessenheit.* Ich weiß selbst nicht, wie ich es nennen soll; es gibt in diesem Teil der Welt einfach zu viele Ruinen, zu viele Skelette unter unseren Füßen. Zum Glück komme ich davon nicht los. Ich kann mir schwer einen sterilen Menschen vorstellen – ein leeres, sauberes Blatt ohne einen einzigen blutigen Fleck, ohne einen einzigen Krampf in der Kehle. Ich bin nichts wert ohne mein Gedächtnis, das ist ein Land, wo ich viel zuviel von allem habe (Dichterzeilen, Wein der Ruinen, erste Liebe, letzte Liebe, hundert Städte, wo ich mich für immer niedergelassen habe, in meinem Gedächtnis der Vater, die Veranda, zwei Kartenspiele), viel zuviel von all dem, ohne das es mich nicht gibt, nicht geben könnte. Eine Zukunft, in der es das alles nicht gibt, wäre mir zuwider.

Das letzte Jahrhundert hat uns mit großer Konsequenz gelehrt, vor großen und bedeutungsschwangeren Worten auf der Hut zu sein. Es erwies sich als ein idealer Lehrmeister der Verzweiflung und – unvermeidbar – der Ungläubigkeit, die der Verzweiflung auf dem Fuße folgt. Wenn ich von der Zukunft rede, so verwende ich ein Wort, das weniger dubios ist als das Wort »Glaube«. Weniger dubios sogar als »Liebe«. Das Korrelat der Zukunft ist bei uns die Hoffnung, wie das Gedächtnis unser Korrelat der Vergangenheit ist.

Die menschliche Formel, das ist Gedächtnis plus Hoffnung. Allerdings, wozu hier Addition, Multiplikation, was soll die Arithmetik? Es handelt sich einfach um zwei sehr menschliche Fähigkeiten, mit denen wir uns vor der Öde schützen. Nein, wir schützen uns nicht, in Wirklichkeit reißen wir uns alle Hüllen herunter, überschreiten Grenzen. Offenheit – das ist das einzige, was uns bleibt, um zumindest irgendeine Verständigung zu finden mit den anderen, mit allem, was um uns und in uns ist. Offenheit für das Leben, Offenheit für den Tod, Offenheit für die Vergangenheit und Offenheit für die Zukunft.

Mein Gedächtnis erlaubt mir, alles zu tun, was ich will. Meine Hoffnung kennt keine Grenzen. Ich vermische die Zeiten, überspringe Jahrzehnte, verlagere Räume und besiedele die Schnittflächen mit Leben.

Also soll Sommer sein, wir wandern durch das feuchte Flachland der Vorbergzone, irgendwo im Donaubecken, hier unweit vom Zentrum Europas und eines jeden von uns; das menschliche »ich« liegt im mittelöstlichen Teil des Körpers, wir kaufen Unmengen von billigem schmackhaftem Wein, roten und weißen, ein alter Deutscher malt den Huzulen die Kirche aus im Dorf nicht weit vom Paß, das ist sein letzter Auftrag, armer Karl, endlich gelingen ihm die Apostel Petrus und Jakobus, die Tore öffnen sich eins nach dem anderen, die Brücken werden heruntergelassen, am anderen Ufer der Donau sieht die Welt neuer aus und größer, ein richtiges Chicago, dort gibt es Weinberge, und ein Pfad führt zur Burg, er ist Spur und Vermutung, der Rosengarten der Templer, erstarrter Sand in den Uhren, erstarrte Kugeln in den Löchern des Automatenbillards, in der Luft über dem Zug stehengebliebene Flugzeuge, ein stehengebliebener Zug, ein erstarrter Graveur, über einen silbernen Ring gebeugt, Vögel kreisen über Poprad und über dem Prater, wir trinken aus Flaschen und tanzen beinahe auf den Ruinen. Wir rufen den Regen herbei, doch das ist uns zuwenig; wir rufen die Sonne herbei, der Junge im Stimmbruch, und was es noch alles geben wird: Warten auf dreckige Dieselzüge in winzigen Bahnstationen, Baden in grünlichen Flüssen, Liebe unter tausendjährigen Eiben, doch jetzt verläßt der düstere hellblonde Held das Spielfeld, er hat sein entscheidendes Tor geschossen, jetzt gehe ich mit dem Vater über die sonnenüberflutete Wiese, ich bin zwölf, er ist zweiundvierzig, wir sprechen über Indianer, und wir haben ein Viertel Schnaps für zwei, die Frösche springen vor unseren Füßen in kleine, am Weg gelegene Seen, wir gehen durch Prag, Budapest, Krakau, Lwiw, erobern eine Stadt nach der anderen – und überall trinken wir hausgemachten Wein, weil wir gerne zu zweit trinken, auf diese Weise werden die Dinge zu Symbolen und die Symbole zu Dingen, ich wasche ihm zum letzten Mal den Rücken mit einem harten Schwamm, das Wasser ist ein bißchen zu heiß in der Badewanne, morgen wird es zu spät sein, sagt er, oder bilde ich mir das nur ein.

Vielleicht schreien wir zu laut unter diesen zerfallenen Gemäuern?

Auftritt des Regenbogens! kommandiert der Regisseur, will heißen: DER REGISSEUR. Wir werden noch furchtbar lange leben – das ist wie das Weltall, diese Entfernungen gehen einem einfach nicht in den Kopf. Ich stoppe den Film und die Zeit: Gegenwart.

Doch ist es nicht nur Gegenwart. Es ist auch Vergangenheit, die Zeit, als es den Tod nicht gab, dafür aber die Leichtigkeit der Unerfahrenen und gepanschten Wein. Es ist aber auch die Zukunft, aus der ich, ein anderer, das alles betrachte. Das ist die Fülle der Zeiten – drei in einem, wie man neuerdings sagt. Das ist ein Raum, wo Zeit und Ewigkeit zusammen existieren. Und dort, wo es uns gelingt, wo wir – und sei es nur für einen Bruchteil – diese Fülle begreifen, dort werden wir vielleicht endlich wir selbst sein.

(Übrigens war in Wirklichkeit alles ganz anders in diesem Sommer. Gemäß der für unseren Dekan verfaßten Berichte waren wir klatschnaß geregnet, unsere Hemden klebten am Rücken, unsere Füße brannten vom Dreißig-Kilometer-Marsch, außerdem haben wir den Wein zu ungeschickt gemischt, roten und weißen: im falschen Verhältnis und in der falschen Reihenfolge. Davon haben wir Kopfschmerzen bekommen, und wir haben uns praktisch alle zerstritten; während wir einer nach dem anderen in den Wald gingen, am Straßenrand entlangmarschierten, dann mit dem Zug nach Hause fuhren, schwiegen wir und mieden es, uns anzusehen.)

Falls das noch wichtig ist.

(18. Zitat)

Es bleibt nur noch der Anfang eines fremden Gedichts. Irgendwas muß man damit machen, es irgendwie ergänzen.

Die Zukunft von der Vergangenheit befreien?

Die Vergangenheit von der Zukunft befreien?

Bleibt nur, etwas dazu zu schreiben – entweder vor diese Zeilen oder dahinter.

Uns von uns befreien?

Mich von mir selbst befreien?

Den Menschen von seinem Skelett befreien?

September 1998 – Januar 2000

Andrzej Stasiuk
Logbuch

Foto: Brigitte Friedrich

... Natürlich ist die Geographie nicht so wichtig wie das Vorstellungsvermögen, und sei es nur, weil sie öfter eine Falle als eine Zuflucht darstellt. Und trotzdem sind diese beiden voneinander so weit entfernten Bereiche inniger miteinander verknüpft als Verrücktheit und Vernunft. Nicht zuletzt deshalb, weil jede edlere Form der Tagträumerei sich immer den Raum zum Gegenstand wählt. Die Zeit interessiert nur diejenigen, die hoffen, daß sich etwas verändert, also die unbelehrbaren Dummköpfe.

Ich verwende den Zirkel wie alte Geographen, Entdecker und Führer einstiger Feldzüge: um Entfernungen zu messen. Doch seine eigentliche, das heißt geometrische Funktion drängt sich von selbst auf. Ich steche also die Nadel in den Ort, wo ich mich jetzt befinde und aller Voraussicht nach bleiben werde. Den zweiten Arm setze ich dort ein, wo ich geboren wurde und den größten Teil meines Lebens verbracht habe. Das ist schließlich die wichtigste Größe, wenn wir die eigene Biographie mit dem Raum in Einklang bringen möchten. Zwischen meinem Wołowiec und Warschau liegen in Luftlinie etwa dreihundert Kilometer. Natürlich kann ich der Versuchung nicht widerstehen und ziehe einen Kreis im Radius von dreihundert Kilometern um Wołowiec, um mein Mitteleuropa zu bezeichnen. Die Linie verläuft ungefähr durch Brest, Równo, Czernowitz, Cluj-Napoka, Arad, Szeged, Budapest, Žilina, Katowice, Częstochowa und endet dort, wo sie begann, nämlich in Warschau. In diesem Kreis liegen ein Stück von Weißrußland, ein großes Stück der Ukraine, recht ansehnliche und ungefähr gleich große Stücke von Rumänien und Ungarn, fast die ganze Slowakei und ein kleines Stück von Tschechien. Ja, und ungefähr ein Drittel meines Vaterlandes. Aber kein Stück von Deutschland oder Rußland, was ich mit einem gewissen Erstaunen, aber auch mit diskreter, atavistischer Erleichterung registriere. Im Süden gibt es zwar Krieg, aber bislang sind wir siegreich. Jedenfalls haben wir in Novi Sad die letzte Brücke über die Donau zerstört, und der Vater der Flüsse hält ohne Mühe die vom Pferd abgesessenen und deshalb nicht mehr so schnellen Serben auf, die seit der Zeit, da sich die Türken um ihre eigenen Angelegenheiten kümmern, keinen Platz mehr für sich finden können. Trotzdem glaube ich nicht, daß die Boys in ihren Thunderbolts viel von dem verstanden haben, was sie unter sich liegen sehen. Wenn man in Amerika lebt, trifft man schließlich sein ganzes Leben lang nur Amerikaner, und der Gedanke, daß es auch noch benachbarte Länder gibt, die fremd sein mögen, wenn auch nicht allzu sehr, erinnert an das unlösbare Dilemma der Transsubstantialität von Pepsi und Coca Cola.

Also der Vater der Flüsse. Donau, Dunaj, Duna, Dunav, Dunarea, wenn man dem Fluß von der Quelle bis zur Mündung folgt. Zehn Kilometer von meinem Haus verläuft die Wasserscheide der Karpaten. Unter der Jaworzyna Konieczniańska liegt der Regietów-Paß. Nach Norden fließt von dort das Flüßchen Regetówka, das in die Zdynia mündet, und die Zdynia vereinigt sich mit dem Fuß Ropa, der wieder in den Wellen der Wisłoka aufgeht, die dann, einer linguistischen Verwandtschaft gehorchend, für immer in den grauen Fluten der Wisła, der Weichsel, verschwindet. Nach Süden ergießt sich der Bach Regetovská Voda, der sich über den Kamenec und die Topla mit der Ondava verbindet, die bei Zemplin in den Fluß Bodrog mündet, und dieser Bodrog überquert bei Sátoraljaújhely die ungarische Grenze, wechselt die Nationalität, aber nicht den Namen, streicht an den Weinbergen der Zempliner Kreidefelsen entlang, um bei Tokaj in die Theiß zu münden, die durch die ganze Weite der ungarischen Tiefebene mäandert, die siebenbürgischen Gewässer von Karos und Mureş in sich aufnimmt, um sich schließlich, schon als Tisza, in der Vojvodina hinter Novi Sad mit der Donau zu vereinen. Ein ganz schönes Stück Weges und Landschaft. Wenn wir einberechnen, was allein die Donau bis zum Delta zu bewältigen hat, ergibt das eine etwa dreimal so große Entfernung wie von besagtem Regietów-Paß bis nach Danzig. Von der menschlichen und zugleich äffischen Neugier auf ferne Länder mal abgesehen, veranlaßt uns allein die Entfernung, daß wir, wenn wir auf dem Kamm der Karpaten stehen, über die sonnigeren Hänge hinabsteigen. Wenn wir uns vorstellen, wir wären eine Flaschenpost, dann wäre es uns sicher lieber, von Isaak Babel in Odessa gelesen zu werden als zum Beispiel von Strindberg in seinem aufgeräumten, kalten Stockholm. Aber vielleicht denkt ihr ja ganz anders darüber.

Ich schreibe das in der Nacht zum Montag, während vom Schwarzen Meer her ein feuchtes Tief über Galizien (pardon, das östliche Kleinpolen) aufzieht und es wie aus Eimern schüttet. Die Regetówka und Regetovská Voda wälzen die gleichen bräunlichen Wassermassen dahin. Die Meteorologie war der Geographie schon immer überlegen. Im Großen gesehen bildet sie in der Regel die übergeordnete Instanz, wie etwa ein Film des berühmten Regisseurs Steven Spielberg beweist. Ich lausche also dem Regen und stelle mir vor, wie das Wasser langsam steigt. Wenn ich bedenke, daß die Erde so etwas wie das Urbild einer Landkarte darstellt und eine Karte ziemlich flach ist, schäme ich mich keineswegs dieser etwas sentimentalen und verträumten Anmerkungen. Ich glaube, es war Josif Brodski, der schrieb, das Wasser sei ein Spiegel der Zeit, womit er völlig recht hat. Wenn etwas untergehen oder in Vergessenheit geraten soll, kann man getrost darüber reden, weil es uns nicht widersprechen kann. Jedenfalls nicht aus der Perspektive der Ewigkeit.

Nachdem ich nun seit mehr als einem Dutzend Jahren in dieser Gegend wohne, verstehe ich langsam, was mich hierhergeführt hat. Es war der Instinkt eines Bewohners der mitteleuropäischen Ebene. Natürlich war das anfangs ein kaum bewußter Instinkt, der sich langsam zum Gefühl und vielleicht sogar zur Reflexion entwickelte. Nicht alle Bewohner der genannten mitteleuropäischen Ebene verfügen über diesen Instinkt, jedenfalls unterliegen nicht alle seinen Einflüsterungen, die meisten tun für gewöhnlich so, als gebe es dergleichen gar nicht, denn in einer aufgeklärten und liberalen Gesellschaft ist es doch ein wenig peinlich, sich zu seinem Instinkt zu bekennen. Ich jedenfalls, ein Kind der Masowischen Ebene, spürte einen ständigen Luftstrom, eine Zugluft von Osten nach Westen und zurück. Manchmal hatte er die Gestalt eines gewöhnlichen Windhauches, dann nahm er die metaphorische Form eines offenen, durch nichts begrenzten Abgrundes an, um sich am Ende als Sturm der Geschichte mit seltsam vorhersagbarer Richtung zu konkretisieren: entweder hierhin oder dorthin, aber immer irgendwohin.

Mit Ebenen kann ich nicht viel anfangen. Die Hauptbeschäftigung dort besteht darin, den Horizont zu beobachten. Der Blick ruht keinen Moment aus, irrt ständig umher und findet bei einer entsprechend weiten Perspektive keine festen Koordinaten und Bezugspunkte. Was bedeutet schon ein einzelner Baum? Gar nichts. Man kann ihn umschneiden, so wie man einen ganzen Wald umschneiden kann. Dasselbe gilt für ein einzelnes Haus und auch eine Stadt, die man zerstören kann, was übrigens mit der natürlichen Tendenz der ebenen Landschaft im Einklang steht, einer idealen – *nomen est omen* – Horizontalität zuzustreben. Daher muten die Städte in den Ebenen auch so wenig dauerhaft, so zufällig an. Erbaut durch menschliche Hand, erscheinen sie wie menschliches Eigentum und folgerichtig auch wie menschliche Beute. Außerdem verstellen sie den Blick, der gewissermaßen eine Form der Endlosigkeit darstellt. Es ist nicht auszuschließen, daß die Horden der Steppenreiter aus dem Osten die Dörfer und

Städte nur deshalb zerstörten, weil sie ihnen den Blick verstellten. Ihre Aktivität weist eine gewisse Verwandtschaft mit der Ökologie auf: sie stellte das ursprüngliche Gleichgewicht zwischen Himmel und Erde wieder her. Im Vergleich zum demütigen und befristeten Schutz eines Zeltes mußten ihnen die hölzernen und steinernen Bauten wie Denkmäler des Hochmuts erscheinen. Die Zukunft sollte zeigen, daß es wirklich so war.

Ich will damit nicht sagen, daß ich für die Tataren oder Mongolen bin. Das liegt mir fern. So wie ich es auch nicht mit den Indianern oder Cowboys halte. Ich mag mich einfach nicht von allen Seiten den Blicken aussetzen, was übrigens eine normale menschliche Eigenheit zu sein scheint. Wenn sich jemand gern den Blicken aussetzt und das Schicksal herausfordert, ist das seine Sache. Ich für meinen Teil kann darauf verzichten. Frankfurt am Main, das vereinte Berlin oder Warschau mit ihren Neuheiten aus Glas an jeder Ecke, und auch Moskau, das sich redlich bemüht, sind selber schuld. Wenn es darauf ankommt, lassen sich so große Dinge einfach nicht verbergen. Vor allem nicht in der Ebene, wo es keine Zuflucht gibt.

Eine der wichtigsten Eigenschaften des Erwachsenseins ist die Fähigkeit, in einer Welt zu funktionieren, die aus zunehmend abstrakten Ideen und Begriffen besteht. Ein modernes Hochhaus aus Glas inmitten einer Ebene erscheint wie die Verkörperung des freien und abstrakten Gedankens, der, dem Körper entfremdet, keine Angst empfinden und keine Gefahr erahnen kann. Tiere und Kinder – eher dumme Geschöpfe, gefangen in ihrer Körperlichkeit – suchen gewöhnlich geschützte, stille und kleine Orte auf. Ihrem Beispiel folgend machte ich mich auf nach Süden, um wenigstens im Rücken einen gewissen Schutz zu haben. Das ist die unwillkürliche Reaktion eines Menschen, der eine Karte liest: er steht mit dem Gesicht nach Norden, linker Hand der Westen, rechts der Osten und hinter ihm der Süden. Im Fall Polens stellt sich das ganz einfach dar, denn die Karpaten gleichen einer Wand, vielleicht sogar einem sicheren Winkel, in dem wir Schutz finden, ohne dabei aus den Augen zu verlieren, was sich vor uns abspielt. Die Ungarn sind in dieser Hinsicht viel schlechter dran. In ihrem Fall bewahrheitet sich das alte Sprichwort der Bewohner der Ebenen: wie du dich auch drehst und wendest, der Arsch ist immer hinten. Die Rumänen haben zwar ihre Berge, müssen aber beim Betrachten der Karte eine gewisse mentale Äquilibristik vollbringen: um ihre sichere Wand zu erreichen, müssen sie sich zur Flucht wenden, wobei sie lange Zeit alles im Rücken haben. Sie könnten zwar auch einfach rückwärts gehen, aber die kartographischen Gewohnheiten sitzen tief, und es ist nicht leicht, die Karte sozusagen auf den Kopf gestellt zu betrachten. Das alles natürlich unter der Annahme, daß der Feind aus dem Süden kommt. Am besten durch das Territorium der friedliebenden Bulgaren.

***

Mein Land ist im tschechischen *Velký Atlas Světa*, den ich verwende, grün. Dieselbe Farbe haben noch *Rakousko*, *Bulharsko* und *Norsko. Portugalsko* ist schon ein wenig heller. Aber es geht hier nicht um die Farbe, denn die ist zwar recht hübsch, kann aber jederzeit verändert werden, ohne daß sich jemand beschwert und diplomatische Schritte einleitet. Mein Atlas, der 1988 veröffentlicht wurde, zeugt jedoch vom Mut und der prophetischen Gabe der Tschechen. Die damals noch existierende UdSSR weist nämlich genau dieselbe Farbschattierung auf wie die auf ihr Ende zusteuernde *Nemecká demokratická republika*. Ein gemeinsamer rosa Nenner für alle dem Untergang geweihten Staaten. Die Katastrophen waren zwar nicht ähnlich, nicht einmal vergleichbar, trotzdem war es eine Leistung, zu jener Zeit und in einem völlig legalen

Verlag eine so radikale Veränderung innerhalb Europas vorherzusagen.

Aber eigentlich wollte ich nicht von den Farben reden, sondern von den Formen. Von allen europäischen Ländern hat mein Land eindeutig die schönsten Umrisse. Sie nähern sich dem Ideal, in diesem Falle dem Kreis. Kein anderer europäischer Staat hat so vernünftig gezogene Grenzen. Wie bei einem geometrischen Aufklärungsmodell, das die Vorstellung vom idealen Staat vermitteln soll mit seinem harmonischen Verhältnis zwischen dem Raum und dem Zentrum, das heißt zwischen der Staatsmacht und den Untertanen. Spanien kommt dem von Polen vorgegebenen figurativen Ergebnis recht nahe, aber erstens wird es von Portugal angeknabbert, und zweitens wird es vom Atlantik im Verein mit dem Mittelmeer gestaltet, und das Wasser ist bekanntlich ein uraltes und ziemlich unverständiges Element, das heißt, Spanien kommt dabei keinerlei Verdienst zu. Über England wollen wir gar nicht erst reden. Die Wiege der modernen europäischen Zivilisation – Frankreich – sieht aus wie ein ausgebreitetes abgetragenes Hemd. Italien steht mit seiner lächerlichen Gestalt in radikalem Widerspruch zu seinem Anspruch, das Fundament Europas zu sein. Das österreichische Nockerl wollen wir höflich übergehen, um dem Land die leidvolle Erinnerung daran zu ersparen, was es einmal war. Aus ähnlichen Gründen übergehen wir auch Ungarn. So bleibt eigentlich nur Rumänien auf dem Kampfplatz zurück. Nur Rumänien kann sich in diesem Wettstreit der Schönheit und Harmonie mit uns messen. Seine edlen Formen ähneln den unseren, eine gewisse Walzenform und die leichte Ausbuchtung in Richtung des Breitenkreises legen eine gewisse Verwandtschaft nahe. Man kann ihm höchstens ein etwas gestörtes Verhältnis zum Meer vorwerfen. Es wendet sich zu sehr vom Meer ab, fast möchte man sagen, es wendet ihm seine Kehrseite zu. Bleibt also nur unsere rumänische Schwester.

Außerdem – und das ist am wichtigsten – liegt mein Vaterland auf der tschechischen Landkarte wahrhaftig in der Mitte Europas, genau in seinem Herzen. Und zwar so genau, daß die symmetrische Längsachse des Blattes »*Evropa – politická mapa*« genau durch den Ort Koluszki verläuft, und präzis in Koluszki schneidet sie die Querachse. In dieser gerechten Einteilung ist es von Koluszki genauso weit nach Glasgow wie nach Jerewan, und Madrid wird zur Antipode von Ufa.

Also die Mitte, das Zentrum, und eine Gestalt, eher dem Lehrbuch als dem Leben entnommen. Ringsum erstrecken sich die alten Länder, reichlich angenagt vom Zahn der Zeit, der in der reinen Geographie als monotones Anbranden der Meereswellen ans Ufer erscheint. Aber dort, wo die Geschichte einschreitet, glätten und vereinfachen sich die unruhigen Grenzlinien. Sie gleichen dem Gedanken, der gewöhnlich auf direktem Wege von A nach B strebt. Eine nützliche Lektion in Idealismus erhält man, wenn man einen kurzen Blick auf die politische Karte Afrikas wirft, wo die Grenzen der Wüstenstaaten einfach mit dem Lineal gezogen wurden. Wo es keine natürlichen Hindernisse in Gestalt von Flüssen, Bergketten oder Ansammlungen von anderssprachigen Menschen gibt, dort wird die Geographie notgedrungen zu einem ästhetischen Problem. Hat ein potentieller Tyrann erst einmal den ganzen Kram wie Wirtschaft, Demographie, Verteidigung, Pardon: Aggression, das Durcheinander von fremden und eigenen Bürgern, die schlafraubende Geopolitik bewältigt und ist endlich zum wahren Tyrannen geworden, wird er sich vermutlich der Aufgabe zuwenden, eine ideale Karte zu zeichnen. Wenn wir den Geschmack von Tyrannen in Betracht ziehen, die zu einem Abklatsch des Neoklassizismus tendieren, dann wird er mit einiger Sicherheit einen Albert Speer der Geographie für diese Arbeit heranziehen.

So wie ich kein Freund der Ebenen bin, bin ich auch kein großer Fan der Mitte. Im Zentrum zu leben bedeutet, nirgends zu leben. Wenn es überallhin gleich nahe oder gleich weit ist, wird der Mensch von einer Abneigung gegen das Reisen erfaßt, weil die ganze Welt zunehmend einem einzigen großen Dorf gleicht. Die Tatsache, daß die Seefahrernationen wegen ihrer Verbindung zum Meer bei Weltreisen und Entdeckungen eine führende Rolle spielten, ist sicher der bequemere Teil der Wahrheit. Der andere, weniger heroische Teil besagt, daß der Reisende, bevor er in eine Gegend kam, in der er sich nicht zu Hause fühlte, längst von Langeweile überwältigt wurde. Stellen wir uns einmal vor, wir machen uns von Warschau nach Osten auf, und nach einer Woche zu Pferde hat sich eigentlich nichts geändert: es ist eben, flach, es wachsen Birken, die Leute reden eine weitgehend verständliche Sprache. Je weiter wir kommen, desto mehr erscheint alles genau gleich, nur daß dieses »genau gleich« hinsichtlich der Natur ständig zunimmt, hinsichtlich der Anthropologie jedoch abnimmt. Irgendwann wird es sogar unserem Pferd, gewöhnt an die Perspektive des Stalles, unheimlich, und es spürt, daß es von der Grenzenlosigkeit verschlungen wird.

In die andere Richtung, nach Westen, ist es ein wenig anders, aber nicht unbedingt besser. Auch hier hält die Landschaft keine Überraschungen für uns bereit, doch daran haben wir uns schon gewöhnt. Wir sehen niedrige Birken, Kiefern, Sand, Hügel, eine ganz nette Gegend, doch alles ein wenig kleiner. Jedenfalls fühlen sich weder Tiere noch Menschen darin besonders einsam. Man könnte reiten und reiten und hier und da an netten Orten Rast einlegen. Doch als Entdecker kehren wir für gewöhnlich mit leeren Händen zurück, weil wir bei unserem Vordringen feststellen müssen, daß alles früher schon zweifach und dreifach entdeckt wurde.

Diese beiden imaginären Reisen ergänzen einander natürlich und heben sich im Grunde genommen auf. Im ersten Fall wurden wir vom Raum besiegt, im zweiten von der Zeit überwältigt.

Wer jedoch in den obigen Worten auch nur die Spur eines Lamentos oder einer Klage nach dem Muster: Wenn die Großmutter eine Glocke hätte, dann wäre sie ein prima Fahrrad, zu entdecken glaubt, der irrt gewaltig. Es ist nur Realismus, der uns davor bewahrt, auf die Stufe eines Ochsen herabzusinken oder wie ein Engel gen Himmel zu steigen. Als Bürger eines idealen Staates muß man mit beiden Beinen fest auf dem Boden stehen. Man muß die Landkarten betrachten und die Entfernungen messen, um zu wissen, wohin man es im Fall des Falles näher hat. Was mich betrifft, habe ich mir das genau ausgerechnet. Von Wołowiec nach Banica sind es circa vier Kilometer, dann weitere fünf bis Jasionka. Hier beginnt eine Strecke ohne alle Wegweiser, dafür mit um so mehr Spuren. Der zivilisierte Mensch ist gewöhnt, daß alles beschrieben, mit Pfeilen versehen ist und daß er sich mit einiger Übung so mühelos durch die Welt bewegen kann wie durch den Flughafen von Frankfurt. Aber was soll man mit den seltsamen Inseln anfangen, auf denen gestern noch Menschen lebten und heute Gras die Grundrisse ihrer Häuser bedeckt und auf denen man den Instinkt eines Tieres oder die Übung eines Archäologen braucht, um die Spuren des noch gar nicht so lange vergangenen Lebens zu entdecken? Was soll man mit den verwildernden Klüften zwischen diesem und dem nächsten Streifen der Zivilisation anfangen? Wenn ich jemanden aus dem Westen in diese Gegend mitnehme und ihm zu erklären versuche, daß er durch ein belebtes, lärmendes Dorf geht, kann er nicht glauben, daß ich eine Geschichte erzähle, die fünfzig und nicht fünfhundert Jahre her ist. »Und nichts ist geblieben?« – »Nichts.« Damit am Ende irgend etwas übrigbleibt, muß zu Beginn ziemlich viel dagewesen sein, und zwar am besten aus Material, das widerstandsfähig ist gegen die Einflüsse der Zeit und der Geschichte. Daher haben

Friedhöfe immer relativ gute Chancen. Sie sind schon von Beginn an ausgerichtet auf die Ewigkeit, daher gelingt es ihnen, etwas länger zu überdauern als Dinge, die im Gedanken an das gewöhnliche Leben gefertigt wurden. So ist es jedenfalls hier – in Czarne, Nieznajowa, Radocyna und Długie. Ein pragmatischerer Grund ist natürlich die Tatsache, daß die Häuser zur Gänze aus Holz gebaut waren, das wahrscheinlich viel rascher vergeht, weil es relativ schnell nachwächst. Die Geologie mit ihren steinernen Nachfahren ist der Ewigkeit näher als die Biologie, die mit dem problematischen Fortleben der Gattungen die Ewigkeit nur betrügt. In diese Richtung führt mein europäischer Weg, mein Grenzübergang in die südlichen Berge, und dorthin wendet sich meine Vorstellungskraft, tödlich gelangweilt vom Westen, Osten und Norden, in deren langen Schatten ich den Großteil meines Lebens verbracht habe. Diese historische Einöde wirkt wie ein Memento, wenn einem ein Satz einfällt, der nicht im Konditional steht.

Mein Nachbar ist Lemke. Seine Familie wurde durch die Deportation im Jahre 1947 über ganz Westpolen verstreut. Andere Verwandte landeten in der Sowjetunion, verlockt von der Propaganda der Freiheit, des Wohlstands und Rußlands als Mutter aller Slawen – voran der rechtgläubigen. Er selber entging diesem Schicksal, weil sein Vater, um die Sache noch weiter zu komplizieren, Bürger der Vereinigten Staaten von Nordamerika war. Auch so etwas gab es hier.

Seit einiger Zeit kreisen unsere Gespräche um das, was im Fernsehen gezeigt wird. Wir horchen auch auf die Flugzeuge. Das ist nicht weiter schwierig, weil bis zu diesem Zeitpunkt nur ein Flugzeug pro Tag bei uns auftauchte. Es flog pünktlich um fünf Uhr nachmittags von Süden nach Norden. Doch eines bewölkten Tages begann es oben vom Morgen bis zum Abend zu dröhnen. Eine gerade Linie, die etwa in Belgrad beginnt, führt genau über unsere Hütten bis zum Polarkreis in Rovaniemi in Finnland, das heißt in die Heimat des Weihnachtsmannes. Natürlich nicht des orthodoxen, sondern des *vermeintlichen*. So einen Humor beweisen im allgemeinen weder Militärs noch Politiker, unsere Alarmgefühle sind daher etwas verfrüht. Aber wir sprechen vom Krieg. Vielleicht nicht direkt, nicht vom konkreten, denn wir sind keine Strategen oder Diplomaten. Im Grunde interessieren wir uns gar nicht für Politik. Der Nachbar erzählt von seinen Besuchen in den westlichen Gebieten, wo man eigentlich ständig irgendwie auf gepackten Koffern sitzt, weil das alles schließlich deutsche Häuser und deutsche Böden sind, und in den Federbetten war hier und da sogar noch protestantische Wärme zu spüren. Was man geschenkt bekommen hat, wird, wenn es nur groß genug ist, nie wirklich zu Eigentum. Das gilt ganz besonders für den Boden. Vor allem solchen, der vorher jemandem weggenommen wurde und den man für ebenfalls geraubten Boden erhielt. Auf solchem Boden lastet der doppelte Fluch des eigenen und des fremden Unglücks. Wenn man das alles aus eigener Erfahrung kennt, sieht man ferne Kriege im Fernsehen ganz anders. Feste, scheinbar unverrückbare Entfernungen werden fließend und problematisch, und die Konturen der Landkarten bedeuten nicht mehr als die unruhigen, ständig wechselnden Bilder auf der Mattscheibe.

Mein Nachbar erinnert sich gern an frühere Zeiten. Die sind wenigstens ein für allemal festgelegt, und auf diesem Gebiet drohen eher keine Veränderungen mehr. So erzählt er zum Beispiel, daß man in Zeiten der Armut und schlechten Ernte zum Geldverdienen nach Ungarn ging. Das erstaunte mich zwar, doch in der Regel glaube ich älteren Menschen, weshalb ich artig schwieg und nicht nach Details fragte. Außerdem ist es immer angenehm, sich mit jemandem zu unterhalten, der in Zeiten, in denen Reisen noch nicht so populär war wie heute, so weit herumgekommen ist. Mir standen die fruchtbaren Täler der Theiß und des Bodrog vor Augen, wo die Böden mühelos mit Paprika, Wassermelonen und Weintrauben fertig werden und warme Winde vom Balkan banale Tomaten doppelt so groß werden lassen wie bei uns. Erst langsam drang die simple Schulweisheit durch die Hülle exotischer Vorstellungen, daß vor gar nicht so langer Zeit Ungarn fünfzehn Kilometer von hier begann. Obendrein begann es ohne jede Vorwarnung – man marschierte von einem Dorf zum anderen, zum Beispiel über den Beskid- oder den Regietów-Paß. Und dazu sprachen die Menschen auf beiden Seite dieselbe Sprache, nämlich Lemkisch. So sprechen sie übrigens heute noch, und auf der anderen Seite sind die blauen Ortstafeln nicht nur slowakisch geschrieben, sondern auch kyrillisch. Polnisch hingegen ist nur eine Aufschrift im Städtchen Zborov, zehn Kilometer von der Grenze. Sie hängt an einem Zaun und lautet: »Tania wódka otwarte« (Billiger Wodka offen). Und das ist die reine Wahrheit. Ich verifiziere das jedesmal, wenn ich dort vorbeikomme. Noch größeres Vergnügen bereitet mir das Gespräch mit dem Verkäufer, in dem wir beide linguistische Abstriche machen, woraus sich ein unterhaltsames Grenz-Volapük ergibt, das eine gewisse Ähnlichkeit mit dem Inhalt der Ladenkasse hat, wo der Umrechner von slowakischen Kronen in Złoty liegt.

Die Karte von Europa gleicht einem Teller mit einem mißlungenen Gericht. Ein deutsches Kotelett, eine Fuhre russischer Kartoffel, französischer Salat, italienischer Spargel, spanisches Dessert und britisches Kompott für den Durst. Und hier und da ist das alles gesprenkelt mit Flecken irgendwelcher Soßen. Ungarische Soß, tschechische Soß, rumänische Spiegeleier, schwedisch-norwegischer Hering mit Dorsch als Vorspeise, Senf aus Benelux, polnischer Spinat, ein angeknabbertes, bröselndes Stück griechisches Brot – mit einem Wort: eine unheilige Mischung.

Wenn ich das alles von oben betrachte, kommt mir höchstens eine ordnende Intervention oder ein großes Aufräumen in den Sinn, wie nach einer rauschenden, ausschweifenden Party. Tyrannei ist eine Form von Pedanterie. Wenn es jemand zu Hause gern ordentlich hat und er irgendwann zu viel Macht in die Hände bekommt, sind die Folgen für die Untertanen meist fatal. Schlampige Tyrannen lassen einem in der Regel mehr Freiheiten. Und sei es aus Faulheit und Pflichtvergessenheit. Caligula war viel zu sehr auf seine Annehmlichkeit bedacht, als daß er jemandem Leid zugefügt hätte, der nicht extra darum bettelte. Es genügte, sich von ihm fernzuhalten, um seine Ruhe zu haben. Die Macht war insofern gerecht, als sie nur jene vernichtete, die daran teilhaben wollten. Gut möglich, daß diese Ausschließlichkeit von Risiko und Annehmlichkeit auch mit der Unzulänglichkeit der damaligen Landkarten zu tun hatte. Die Länder waren noch kaum bezeichnet, kaum bestimmt, verschwammen im Nebel wie die Heimat der Hyperboreer und gaben noch keine ordentliche Beute ab. Man annektierte eher Namen als Territorien, ganz zu schweigen von absurden Barbaren, die – kaum in der Lage, lateinisch »guten Tag« zu stammeln – eigentlich gar nicht existierten.

Erst die Präzision der Kartographie und die Liebe zur bürgerlichen Ordnung brachten Tyrannen einer neuen Generation hervor. Ihre gespenstische Gewöhnlichkeit war ein Abbild des Horrors der grauen, regulierten Existenz. Das Erschreckendste an ihrem Leben war gerade das Fehlen von Exzessen. Was bedeuten schon Hitlers armselige Romanze mit einer Minderjährigen oder die Familientragödie Stalins? Nichts. Sie sind bestenfalls Material für eine Viertelspalte in einer Boulevardzeitung. Ihre wahren Leidenschaften galten dem Aufräumen, sauberen Tischtüchern und Konversationen. Es ist kein Zufall, daß von ihnen ausgerechnet Tischgespräche oder Erinnerungen an banale Besäufnisse, noch dazu ohne die leichtsinnige Gesellschaft von Damen, überliefert sind. Wenn man über hundert Divisionen verfügt und den größten Teil seines Lebens bei Tisch verbringt, kommt es unwillkürlich dazu, daß Europa und das Bild seiner Topographie früher oder später ein Verlangen erwecken, vergleichbar dem automatischen Wunsch, das Messer rechts vom Teller und die Gabel links vorzufinden. Natürlich ist das ein epistemologischer Reduktionismus, aber es ist unbestritten, daß wir die meisten Reaktionen von zu Hause mitbringen. Entweder von unserem echten Zuhause oder von dem, in dem unsere Vorstellungskraft geprägt wurde.

***

Und wieder ist Winter. Der Wind treibt leichten, flockigen Schnee vor sich her. Weder Frühjahr noch Herbst kommen über Nacht. Die Menschen schleichen heimlich herum, mit schüchternen oder ängstlichen Blicken, weil ihre eigenen Hoffnungen sie wieder einmal betrogen haben. Die Autos fahren geräuschlos durch Wolken glasigen Staubs. Man sucht die Handschuhe, die Winterreifen, die Ketten, den Eiskratzer, und die alten Batterien sterben einen plötzlichen Tod. Nachts sind es minus zehn Grad. Schnee auf der Veranda, Schnee im Flur, Schnee in der Küche. Die zwei Monate alten Welpen verbellen das Weiß des Schnees. Im Wald lodern noch die fahlen Feuer der Lärchen. Als ich am Morgen beim Lagerplatz Holz aussuchte, kam Władek vorbei. Er ging lautlos wie ein Geist und hatte leere Weinflaschen in der Tasche. Ich mußte mit der Schaufel die langen Fichtenstämme aus dem Schnee graben, um zu sehen, was sie wert waren.

Also der Winter hier, in der Slowakei, in Ungarn. Er kam wie immer plötzlich, er kam aus Nordwesten, und die Karpaten konnten ihn diesmal nicht aufhalten. Er huschte über die Pässe, den Dukla-, den Dujawa-, den Tylicka-Paß und brach über Bardejov, Prešov, Košice, die Zempliner Berge und die Sathmarer Ebene herein.

In diesem Sommer sah ich in Gönc braune, bis zum Gürtel nackte Zigeuner, die sich in der Sonne aalten. Ich sah sie im slowakischen Levoča und in Máteszalka und in Nagykálló, wie sie auf den Bahnhöfen und kleinen Stationen saßen, unter den großen Aufschriften »dohányozni tilos«, und eine Zigarette nach der anderen rauchten, zu ihren Füßen Dutzende Stummel, und die Sonne vermischte sich mit dem Rauch und schottete sie gegen die übrige Welt ab, und sie sahen aus wie irreale Ankömmlinge, die gekommen sind, um sich unser Leben anzuschauen, das ihnen jedoch genauso langweilig erschien wie das Fernsehprogramm nach dem Mittagessen, weshalb sie rauchten, hin und wieder etwas sagten und langsam auf jede Bewegung verzichteten, weil am Ende nur die Wärme zählt, die der Körper aufnimmt und die einen überleben läßt.

Nun ist Schnee auf die Betonslums hinter Kežmarok und auf die Lehmhütten bei Spišské Vlachy gefallen, und die Hitze des Sommers erstarrt langsam in den Adern. Das Wasser gefriert, es weht ein Wind, und der Atem verflüssigt sich auf den Scheiben.

Ich sollte über die Habsburger schreiben, über die Hofburg oder wenigstens das Café Central und die Gipsfigur von Peter Altenberg, aber mir fallen nur unwichtige Einzelheiten und Begebnisse ein, die sich auch anderswo hätten ereignen können. Sie hätten höchstens eine andere Geschwindigkeit oder Farbe gehabt. Die Welt ist zu groß geworden und existiert ein wenig zu lang, um überhaupt noch Sinn zu machen. Daher folgen mir jedesmal, wenn ich mich auf eine mitteleuropäische Reise mache, »Nostalgie und Utopie« (György Konrád) auf den Fersen. Sie haben aber nichts mit Geschichte oder Gedächtnis zu tun. Sie werden eher durch die Geographie belebt, das heißt durch den Raum, der benannt wurde. Denn schließlich ist die Landkarte das letzte Wort und der tödliche Kuß der Ereignisse. Selbst wenn alles vergeht, wird man das Ende auf der Fläche abbilden und es in einer künftigen, unvorstellbaren Sprache benennen können. Diese Art von Nostalgie sehnt sich nach dem Horizont, der immer weiter wegrückt, und die Utopie stellt sich einen Blick vor, der imstande ist, das Ganze zu erfassen. Der Horizont flieht und schneidet immer neue Stücke aus der Unendlichkeit. Er flüchtet, als wolle er Platz für Ereignisse schaffen. Wie etwa jenes, das sich vor zwei Monaten begab: In Medzilaborce, auf der Hauptstraße, stand eine große Giraffe. Ihr gelb-brauner Hals wiegte sich über den Dächern der Häuser. Dort, wo sie den Rumpf haben sollte, war so etwas wie eine weiche, pneumatische Kammer. Die Kinder zogen die Schuhe aus und betraten ihr Inneres. Sie konnten dort herumspringen, tanzen, sich wälzen und von den weichen Wänden abprallen lassen. Daneben stand der Besitzer des Tieres und nahm von jedem ein paar Kronen. Vom Lupkowska-Paß wehte ein warmer Wind. Dunkelhäutige Väter verzichteten auf ein Bier und gaben das Geld den Kindern. Denn es war ein Fest, ein Feiertag. Die Tage von Medzilaborce oder so ähnlich. Auf der Hauptstraße standen vier Marktbuden mit nachgemachten Adidas-Anzügen und Puma-Schuhen, und auf Rosten wurde Wurst gebraten. Lemkisch vermischte sich mit Zigeunerisch und Slowakisch. Auf den Gipfeln ringsum hatte der bunte Herbst eingesetzt. Das Andy-Warhol-Museum war das größte Gebäude im Ort. Weiß, würfelförmig und mit ein bißchen Techno. In einem riesigen Saal hingen Hunderte »Campbellové polivký«, es war kein Mensch zu sehen, und da war nur der gigantische Würfel dunkler Luft, bis ins Unendliche erleuchtet, um die Leere zu füllen, die in der Welt am Tag der Geburt eines jeden Menschen entsteht. Da gab es als Ausstellungsstücke noch seinen Walkman, seinen Fotoapparat, seine Jacken und Anzüge direkt aus New York. Hier, beinahe am Ende der Welt, unter Ruthenen und Zigeunern, die keine Zeit anerkennen, an der Grenze zur Ukraine, verströmten die Fetische in ihren Vitrinen den träumerischen, ironischen Glanz von Pop-Epiphanien. Ach, auf seine alten Jahre sollte Andy in seine heimatlichen Gefilde zurückkehren, sollte in einem großen weißen

Cadillac mit seiner silbrigen Perücke, mit Lou Reed, mit Nico, mit der ganzen Gesellschaft aus dem »Max« vorfahren, sollte an diesem heißen, hyperrealen Nachmittag erscheinen, umgeben von Hybriden der eigenen Vorstellung und Einsamkeit, umgeben von einer extrovertierten Menagerie, gekleidet in Tier- und Schlangenhäute, sollte aus der perversen Limousine aussteigen, zwischen den Marktbuden, an denen regenbogenfarbene, glänzende, gefälschte Adidas-Anzüge flatterten, die sich im südöstlichen Wind wiegten und an seine Szenographie gemahnten, er sollte seinen posthumen Triumph betrachten und sich in den reglosen Augen der Zigeuner sehen, so wie er sich hunderte Male im Objektiv der Polaroidkamera sah. So stelle ich mir seine Pilgerfahrt vor, ähnlich der des Papstes, denn schließlich könnte auch er sagen: »Ich segne diesen Boden«, weil der Boden von Medzilaborce seine Träume von den Dingen erfüllte, die sich ad infinitum selber kopieren, von der Grenzenlosigkeit der Spiegelbilder, von Dingen, die auferstehen und nie mehr sterben werden, so wie die drei Streifen von Adidas und die schwarze Gestalt des Pumas fortdauern, weil die Rettung und Erlösung nicht in der Zeit stattfinden, sondern im Raum, durch die weltweite Reinkarnation der Materie, und alle Fiktionen und Phantasmagorien werden auferstehen von den Toten – und nie mehr sterben.

Der Besitzer ließ aus der Giraffe die Luft aus. Sie wurde langsam und ratlos kleiner. Er faltete sie, legte sie zusammen und packte sie in den Lieferwagen. Das Fest ging dem Ende zu. In der Kirche auf dem Hügel gegenüber dem Museum schlug die Glocke an. Frauen in Kopftüchern und dunklen Kleidern gingen zur Stiege, die zur Kirche hinaufführte. Junge Burschen saßen auf Bänken und faßten irgendwelche Beschlüsse. Bei der Haltestelle stand ein alter, grüner Autobus. Er war kaputtgegangen. Der Fahrer stand auf der Straße und blickte in die Ferne, ob Hilfe kam, doch es war Sonntag, und von Humenné kamen nur Škoda mit feiertäglichen Familien gefahren.

Und jetzt ist Nacht. Der Mond hat sich hinter dem Berg versteckt, und ich schaue automatisch aufs Thermometer, ob die Temperatur gefallen ist. Das Denken verbindet Licht unwillkürlich mit Wärme. Die Straße ist verschneit, und vor Montag wird uns keiner befreien. Ich möchte wissen, wonach sich die Menschen in früheren Zeiten bei so einem Wetter sehnten, nach welchen Gegenden und Räumen, da sie doch nie weiter kamen als bis zum Jahrmarkt im nächsten Städtchen. An welchem Ort ihr Himmel wie ein großer Flügel niederglitt, um die Erde zu berühren. Die Welt war unvorstellbar, und die Landschaften waren ganz jungfräulich, berührt höchstens von den Augen des einen oder anderen. Aus den Wäldern kamen Drachen, von den Bergen Greifen, und in die Fabel der Wirklichkeit flochten sich unsichtbare Dinge, die jedoch ganz real existierten.

Schnee und noch mehr Schnee, und Wind aus Nordwesten. Von irgendwo über Shetland, über Island, über dem Norwegischen Atlantik bläst er in die Vororte von Gorlice, durch Stróżówka, dann über den Ringplatz, die Ulica 3 Maja hinunter, über die Brücke über die Ropa, leckt mit eisiger Zunge über Zawoda, wirbelt durch die Höfe von Kryg, Rozdziele und Bednarka, gewinnt über dem Dukla-Paß an Schwung, streift links die Gorgany und gleitet dann sieghaft durch die Ungarische Tiefebene, um schließlich an der steinernen Wand von Siebenbürgen zu zerschellen. Unterwegs drängt er in Ärmel, füllt die Lungen der Passanten, die Winkel, das Innere von Maschinen und alten Häusern, und genau das ist es, was uns seit jeher verbindet, die uralten Bande des Raumes, derselbe metallische Geschmack im Mund, von Reykjavik bis Tirgu Mureş.

Es ist Samstagabend. Verjagt von Dunkelheit und Kälte sitzen die Menschen in ihren Häusern. Alte Frauen betrachten die Welt im Fernsehen. HBO, Hallmark, Discovery, TNT, Planet, Canal+, RTL, TVN, Fox Kids, Travel Channel, VOX, MTV, QUESTV besiegen die Dunkelheit, den Frost und den Wind. Drachen und Greifen kommen aus den Bildschirmen und schweben durchs Zimmer, zwischen heiligen Öldrucken, kleinen Kreuzbildern, Erinnerungen an die Erstkommunion, Hochzeitsfotos und Plastikrosen. Dieses Bild hat mich schon immer fasziniert: »die Stars des Wrestlings«, »Magazin der Extremsportarten«, »Giganten des Surfings« wabern in Kunkowa, in Vapenik, in Pányok oder Antoniwka durch die Küche und dringen durch die Pupillen in die Gedanken einer siebzigjährigen Frau. Sie vermengen sich mit Litaneien und Gebeten, mit den Erinnerungen an fremde Truppen, die durchs Dorf zogen, sie vermischen sich mit der Erinnerung an die Zeiten, in denen man vom Frühjahr bis zum Herbst barfuß ging, mit Erinnerungen an das Elend und die Monotonie eines ein für allemal festgelegten Horizonts, mit einer Biologie, die es nicht gestattet, jemandem zu vertrauen, mit dem wir nicht durch Blutsbande verbunden sind, mit der Angst und Verachtung für alles Fremde, mit der Hühnersuppe an Feiertagen und Topfen, Brot und Milch das ganze Jahr über, in dem die Namen der Monate keine Veränderung bedeuten, sondern bloß gnadenloses Vergehen, wie es war am Anfang, jetzt und immerdar, und von Ewigkeit zu Ewigkeit, Amen. Ja, das läßt mich nicht schlafen, denn es handelt sich um das Geheimnis der menschlichen Seele, vor allem der mitteleuropäischen Seele, deren Existenz nie endgültig bewiesen, deren Realität aber auch nie definitiv widerlegt wurde. Manchmal erscheint sie mir ganz körperlich, wie damals in Orlov oder Andrejovka, als ich aus dem Zugfenster kleine Jungen sah, die ein Rad mit Hilfe eines gebogenen Drahtes über den staubigen Weg trieben – das Spiel ihrer Väter und Großväter –, und etwas später sah ich genauso einen Reifen, an einem Baum befestigt, auf den jemand mit Ölfarbe die Buchstaben NBA gemalt hatte, und die Brüder der Jungen, die ich ein paar Kilometer vorher gesehen hatte, zielten mit einem Gummiball in diesen Reifen.

Oder sie erscheint mir auch geistig und künstlerisch, wie

an jenem neunzehnten August in Iwano-Frankiwsk, am Jahrestag der Unabhängigkeit, als auf dem Gehsteig ein Militärorchester spielte, das voll Inbrunst Melodien von Gershwin und Beethoven mit Volksliedern von den Steppen und Klippen vermischte, *Rhapsody in blue* und Märsche, die *Ode an die Freude* und Lehár und Legrande, und das alles innerhalb weniger Takte und ohne die Mundstücke auszuwechseln. Das war so schön wie die Zigeunerpaläste bei Konin und Kalisz, so schön wie Disneyland, wie die Eisrevue und all diese Dinge, von einer kindlichen Vorstellung geschaffen, die kaum imstande ist, das Vergangene vom Jetzt und von dem erst Kommenden zu unterscheiden, schön und geheimnisvoll wie das Denken einer alten Frau, das problemlos die Feuerprobe von zweiundvierzig Kanälen des Satellitenfernsehens besteht. Denn sie erhebt sich vom Tisch, räumt das Geschirr weg, bringt es zur Spüle und wäscht ab, so wie das ihre Mutter und Großmutter getan haben, und dann kniet sie vor ihrem Bett nieder und betet das Gegrüßetseistdumaria, als wäre nichts geschehen, als hätte die Fülle von Bildern, Körpern und Ereignissen sie gar nicht erreicht. Schließlich legt sie sich schlafen und wird nur von alten, erprobten Träumen heimgesucht. Die Welt ist eine Fiktion. Anders könnte die Seele keine Erlösung finden, weil sie zwar – so sagt man jedenfalls – unsterblich ist, aber doch vor Schreck absterben kann, um nie mehr zu erwachen.

Solche Gedanken kamen mir auf der Hauptstraße von Gönc, als ich die alten Frauen beobachtete. Sie saßen auf Bänken. Ihre schwarzen Kopftücher und Kleider sogen die Hitze auf, aber ihnen war nicht heiß, denn einen Schritt vor ihnen war Schatten, und sie unternahmen nichts, um darin Schutz zu suchen. Sie saßen einfach da und schauten durch die Straße, die vorbeifahrenden Autos, die Reihe der niedrigen Häuser hindurch auf die andere Seite, ihre Blicke drangen durch den Schaukasten der Kneipe, in den jemand einen altertümlichen Radioempfänger gestellt hatte, liefen weiter, und ich bin sicher, daß sie nirgends anhielten, aber dieses »nirgends« breitete sich überall aus und vernichtete die ganze Welt. Ich ging an ihnen vorbei, und obwohl ich in diesem vergessenen Ort fremd aussehen mußte mit meinem Rucksack, mit der Flasche Palinka, die aus der Hosentasche ragte – ein verschwitzter, neugieriger Fremder –, durchdrangen sie mich mit ihren Blicken im Augenblick meines Vorbeigehens, doch ihre Pupillen bewegten sich nicht. Diese Welt muß eine Fiktion sein, damit wir sie so lange ertragen können.

Jetzt fällt mir ein Morgen in Zürich ein, wo ich zufällig gelandet war, wahrscheinlich nur deshalb, damit ich mich an dieser verrückten High-Tech-Dusche im Hotel verbrühen konnte. Ich ging also hinaus, um irgendwo Kaffee zu trinken, und fand eine Kneipe, wo schon vom Morgen an Pensionistinnen saßen. Sie waren genauso alt wie die Großmütter in Gönc oder noch älter und gaben sich genauso dem Nichtstun hin. Es waren drei oder vier. Jede saß für sich an einem Tisch. Ein paar Schritt weiter war die belebte Straße, und dahinter glitzerte die Limmat in der Morgensonne. Die Frauen waren anscheinend mit nichts beschäftigt, aber ihr Nichtstun setzte sich aus einer Reihe kleiner Gesten zusammen: dem Hin und Herrücken der Tassen, dem Richten der Haare, einer Kopfbewegung, um jemandem oder etwas auf dem Boulevard mit dem Blick zu folgen, den Fuß leicht aus dem vielleicht etwas zu engen Schuh gehoben, dem Scharren mit den Metallsesseln, um tiefer in den Schatten des Schirms zu rücken, kritischen Blicken auf die Fingernägel. Die Alten wirkten ganz natürlich, eingetaucht in die Wirklichkeit. Diese umfaßte sie, hüllte sie ein, und sie nahmen an ihr teil, obwohl sie vor dem Hintergrund des morgendlichen Verkehrs und Lärms wie die Verkörperung der Kontemplation wirkten.

Ins Ausland fährt man über Konieczna. Man muß in Serpentinen den mächtigen Rücken der Magura Małastowska überwinden, dann geht es bergab, um ein letztes Mal in unserem Land in langgezogener, gerade Anfahrt nach Ług hinaufzuführen und dann hinunter in die flache, traurige Talsenke. Konieczna sieht nicht einmal aus wie ein Dorf. Die alten Hütten stehen weit verstreut im offenen Feld. Der Wind vom Paß läßt nie nach, und sogar die neuen Hütten wirken alt, weil die Windstöße ihre Konturen verwischen und ihnen den Anschein geben, als könnten sie jederzeit verschwinden. Es ist eine Landschaft, die dazu neigt, sich selber zu reinigen. Staub, Reste von Strohdächern, Rost, der Schmutz in den Höfen, der Rauch aus den Kaminen, der Gestank aus den Kuhställen und die Stimmen, verdünnt durch das Wehen des Windes, alles das treibt nach Norden. Das Land endet, als sei es abgestorben. Sein Rand erscheint unwirklich. Hier verlöscht alles Menschliche, erstickt durch die Wucht des niedrigen Himmels und der Luft von nirgendwo. Jedesmal wenn ich hier durchkomme, überfällt mich Traurigkeit. Ein Heustadel liegt auf der ausgebleichten Wiese wie ein heruntergerissenes Dach. Schafe ziehen in nicht enden wollender Hitze dahin, auf der Suche nach Schatten. Die internationale Straße ist löchrig, im Stil unserer Bezirks- oder Gemeindestraßen. Alles wird immer schlimmer, bis die abstrakte Konkretheit der Grenze es endlich mitten im Wort abschneidet. Der Übergang ist riesig, auf Vorrat gebaut, und vielleicht wird sich das noch einmal bezahlt machen, aber jetzt wird hier vor allem internationale Leere abgefertigt. Die Zöllnerin schaut in den Kofferraum eines neuen Audi. Die wasserstoffblonde Schönheit blickt sie überlegen an. Die Frau in Uniform findet einen Stoß Handtücher. »Sie dürfen sechs Stück Wäsche über die Grenze bringen«, sagt sie. »Das siebte gehört zu meinem Reisegepäck, das verwende ich«, antwortet die Dame in Stöckelschuhen. »Welches?« – »Dieses.« Die Zöllnerin riecht an dem Handtuch. »Sie waschen sich wohl nicht allzu oft. Das Handtuch wurde noch nie verwendet.«

Dann führt die Straße durch einen Wald, und dahinter beginnt gleich Becherov, links geht es nach Ondavka, dann kommt Chmel'ová und wenig später Zborov, von wo man über einen langen Zubringer Smilno erreicht, um dann weiter nach Nižna Polianka und Vyšny und Nižny Mirošov zu fahren, nach Vyšny und Nižny Orlík, und dann kommen schon die Vororte von Svidník, aber nicht unbedingt, weil man in Zborov ebensogut nach rechts fahren kann, nach Dlhá Lúka, wobei man Bardejovské Kúpele rechts liegenläßt, aber durchs uralte Bardejov kommt und durch Rokytov, Tarnov, Gerlachov, Malcov, Plavec, Plavnica, um am Fuß von L'ubovniansky hrad zu erwachen, des Schlosses, das sich über Stará L'ubovná erhebt wie ein Felsen, und später kann man die von der Geschwindigkeit und Finsternis verwischten Formen von Podolínec, Spišská Belá erraten, bis uns am Rand der Nacht hinter Kežmarok das schwarze Massiv des Lomnický štít den Weg versperrt.

Schreiben bedeutet, Namen zu nennen. Genauso ist es mit einer Reise, wenn sich die Perlen der Geographie auf den Faden des Lebens reihen. Weder aus der Lektüre noch von der Reise kommen wir viel klüger zurück. Grenzen wie Kapitel, Länder wie literarische Gattungen, die Epik der Straße, die Lyrik der Pausen, die Schwärze des Asphalts in der Nacht im Scheinwerferlicht des Wagens erinnern uns an die monotonen und hypnotischen Linien des Druckes, die die Wirklichkeit zerschneiden und uns geradewegs ins imaginäre Ziel führen. Am Ende des Buches ist nichts, jede ordentliche Reise hingegen läßt einen immer an verwickelte Schlingen denken. Ja. Am Ende der Lektüre ist nichts, doch in Spišská Belá war da ein Laden. Grünes Halbdunkel schwebte knapp über dem Boden. Von der Tür her wehte warmer Schatten über den Platz. Die Tür in das dunkle, niedrige Haus stand offen und ließ gelben Schimmer nach außen dringen. Er zerrann vor der Schwelle wie eine Pfütze. Er hatte nicht die

Kraft, weiter zu reichen, und vielleicht war es das, was einen an frühere Zeiten erinnerte, an etwas, das sich vielleicht in der Kindheit begeben hatte, an ein sanftes, echtes Wunder, das im besten Einvernehmen mit der Alltäglichkeit stand. Drinnen unterhielten sich zwei Männer mit der jungen Verkäuferin. Auf hölzernen Regalen standen Dosen, Schachteln, Flaschen und Säcke. Zwei schwache Glühlampen warfen einen goldenen Schimmer auf die Waren. Die slowakischen Aufschriften besagten etwas, um gleichzeitig etwas zu verschweigen. Ähnlich war es mit dem Licht, das nur teilweise die Wahrheit enthüllte, und die Schatten der sprechenden Männer bewegten sich durchs Innere und verliehen ihm theatralische Tiefe und Beweglichkeit, die in Widerspruch zur Ruhe stand, mit der sie am Ende die Flaschen einsteckten. Es war wie ein Märchen, wie eine Erinnerung an Zeiten, als die Welt noch viel größer war. Als sich das Mädchen mir zuwandte, deutete ich auf gut Glück auf irgendeine Biersorte und eine Schachtel kurzer Chesterfields. Ringsum war Nacht, und wir waren im anachronistischen Licht einer Sechzig-Watt-Lampe gefangen, und kein Schwein hatte eine Ahnung, daß wir existierten.

Das blieb mir von dieser fünfhundert Kilometer langen Reise in Erinnerung, weil sich eine Reise, wie eine Erzählung, nicht linear entwickelt, sondern auf der Suche nach einem einzigen Wort oder Satz vorwärts strebt, dessen Fortsetzung das bereits Geschriebene überflüssig machen würde.

Wenn wir uns hingegen in Zborov nach links wenden, wäre es am besten, das an einem Sonntag im frühen Herbst zu tun. Die Häuser säumen die Straße wie Rauhreif die Zweige. Die Dörfer enden wie mit dem Messer abgeschnitten, um gleich wieder zu beginnen. Dazwischen ist nur die Fläche des Tales. Der Himmel zerfließt entlang der gewellten Ränder des Horizonts. Die Ordnung der Landschaft läßt an eine Reliefkarte denken. Es gibt keine Alten vor den Häusern und keine Jungen auf Motorrädern. Die Kneipen sehen so tot aus wie in der Fastenzeit. Hier gilt noch die alte Zeit, in der sich die Menschen nicht grundlos auf den Weg machten. Sie blieben zu Hause und horchten auf die Stimmen der Welt, weil der Ruf zum Aufbruch nie etwas Gutes bedeutete. Man brach auf in fremde Kriege, man floh vor Armeen, suchte dem Elend und dem Hunger zu entkommen.

Aus diesem Grund hat Mitteleuropa nie große Entdecker hervorgebracht. Es war mit Reisen durch sein eigenes Inneres beschäftigt. Sich aus Neugierde auf den Weg machen? Auf so einen Gedanken kann nur jemand kommen, der sich der Unantastbarkeit seines eigenen Heimes sicher ist, der nicht darüber nachdenkt, ob sein Haus nach der Rückkehr noch am alten Platz steht. Gut möglich, daß diese ostentative Seßhaftigkeit, diese Unverrückbarkeit der Siedlungen das Resultat eines tief sitzenden Gefühls der Heimatlosigkeit ist, in einem tieferen, mentalen Sinn. In der Leere, welche die Dörfer voneinander trennt, lauert der Dämon des Chaos, der böse Geist der Unbestimmtheit, und deshalb stehen die Häuser eng beieinander und schauen einander in die Fenster und suchen wie Menschen das eigene Spiegelbild – als Bestätigung, daß sie existieren.

Als wir unser Haus in einem kleinen, weit von aller Welt gelegenen Dorf bauten, kamen die Nachbarn und fragten: Warum hier, warum nicht an der Straße wie die anderen? In Wahrheit war es nicht weit bis zur Straße – nur daß wir das Haus auf einem Hügel über der Straße errichteten, was im Winter unbequem ist, weil man das Auto unten stehenlassen und die letzten hundert Meter zu Fuß gehen muß. Anfangs dachte ich, den Nachbarn ginge es um praktische Gründe, oder sie wollten sich einfach einmischen. Sicher trifft beides zu, aber eines Tages, als das Haus schon fast fertig war, sagte eine Nachbarin: »Na, dann sollten Sie wenigstens die Bäume ein bißchen wegschneiden.« – »Warum denn?« fragte ich. »Damit man was sehen kann«, antwortete sie. Selbst wenn ich alle Bäume wegschneiden würde, könnte die Frau von ihrem Hof aus höchstens ein Stück unseres Daches und ein kleines Fenster sehen – und das aus einer Entfernung, die ihr nur gestattet, festzustellen, ob im Fenster Licht brennt oder nicht. Damals verstand ich, daß es sich hier um so etwas wie einen animalischen Herdentrieb handelt. Ein Schaf gerät in Panik, wenn es allein gelassen wird. Wahrscheinlich erkennt es seine Existenz nur in den anderen Schafen. Wenn die Welt seines vielfältigen Abbildes beraubt wird, wird das Schaf plötzlich vom *horror vacui* gepackt. Meine Nachbarin wollte sehen, daß dort oben, auf dem Hügel, jemand wohnt, das Wissen allein war ihr nicht genug. Sie brauchte die physische, sinnliche Anwesenheit eines Stück Dachs als unzweifelhaftes Anzeichen des Menschentums.

Wenn ich mir für Mitteleuropa ein Wappen ausdenken müßte, würde ich in die eine Hälfte Halbdunkel und in die andere Leere tun. Das erste als Zeichen der Unselbstverständlichkeit, das zweite als Zeichen für den nach wie vor nicht gezähmten Raum. Ein schönes Wappen mit etwas undeutlichen Konturen, die man mit seiner Vorstellung ausfüllen kann. Oder mit Träumen.

***

Seit ein paar Stunden weht es von Osten her, und die Kälte nimmt zu. Wenn einmal alles zerfällt, wenn einen alles im Stich läßt, bleiben noch die Bande der Temperatur, die Gemeinsamkeit der Meteorologie. Dann kehren wir zu unseren Anfängen, zu den Zeiten, in denen wir ständig froren, zurück. »Die Länder der Slawen sind die kältesten von allen. Den grimmigsten Frost gibt es bei ihnen, wenn die Nächte mondhell und die Tage schön sind [...] Wenn die Menschen aber die Luft atmen, bilden sich an ihren Bärten Eisschichten wie aus Glas.« So sah es Ibrahim ibn-Jakub im Jahre 963, und so sehe ich es heute noch. Nichts hat sich geändert, obwohl sich in den tausend Jahren fast alles verändert hat. Die Elemente lauern immer noch vor unserer Tür.

Ein Dorf aus dem sechzehnten Jahrhundert, von Breughel gemalt, erscheint belebt und voller Menschen. Auf dem Gemälde *Jäger im Schnee* finden wir, obwohl es Winter ist, keine Rast, als verfügte Flandern über ein Übermaß an Energie. In der grünlichen Winterlandschaft wuseln die Menschen wie Ameisen durcheinander, gehen eifrig ihrer Arbeit und ihrem Vergnügen nach. Kinder, Erwachsene und Hunde spielen auf dem vereisten Teich, statt ihre Kräfte zu sparen und sich reglos zu regenerieren im warmen, sicheren Inneren der Hütten. Gut möglich, daß es in dieser Welt nichts mehr zu tun gibt, weil die Landschaft bis an den Rand der Leinwand gezähmt ist. Zahllose Bäume stehen entlang der Wege und Dämme oder säumen die gleichmäßigen Rechtecke der Felder. Es gibt nichts mehr zu tun, und man kann die geordnete Szenerie der Alltäglichkeit gefahrlos bewohnen. Die Natur wurde in eine geometrische Ordnung gebracht. Nur die tiefen Spuren der Jäger im Schnee zeugen davon, daß sie noch Widerstand leistet. Kein Wunder, daß die Menschen aus dieser Landschaft flohen wie Barents und Heemskerk auf der Suche nach der Nordost-Passage. Die Geschichte besagt zwar, daß die Motive der Expedition oft ökonomischer Natur waren, aber wenn man die Enge der Breughelschen Landschaft sieht, drängt sich eher der Gedanke an Flucht als an Profit auf. Im übrigen ging es vermutlich um beides. Ein Abenteuer kann ganz pragmatisch sein. Man kann sich in die Einsamkeit des Nordens aufmachen, ohne etwa Antwerpen zu vergessen. Davon zeugen jedenfalls die alten Stiche, die das Winterlager Berings an der Küste von Nowaja Semlja zeigen: Das Holzhaus, in dem die Reisenden Schutz suchten, erinnert in seiner praktischen Form an die Häuser auf den Bildern Breughels. Es hatte sogar Platz für ein Bad.

Hier begibt sich im Winter unter blauem Himmel nichts,

selbst wenn der Wind einmal aussetzt. Die Menschen verstecken sich in den Häusern, und nur von Zeit zu Zeit erscheinen Frauen mit leeren Einkaufstaschen auf den Wegen. Sie gehen zum fahrbaren Laden im grauen Autobus. Dann kehren sie zurück, und wieder ist alles leer, weil man das Leben schützen muß. Das vergeuden bloß Nichtsnutze, die in Kneipen hocken, wo es erbärmlich zieht und so kalt ist, daß die Frau hinter der Schank in Handschuhen arbeitet. Nur Nichtsnutze, die weder Zeit noch Kräfte sparen müssen, können sich den Luxus leisten, sich zu amüsieren und in Ruhe mitanzusehen, wie die Zeit verrinnt. Die anderen achten darauf, die Wärme der Häuser, den Strom und das Abonnement fürs Fernsehen nicht zu verschwenden, weil Leichtsinn sündhaft ist. Aus diesem Grund bricht man von hier nicht ohne Ziel auf und hat Herumtreiber immer schon verachtet oder als verrückt angesehen. Zielstrebigkeit ist die letzte Freude der Armen, weil sie ihnen gestattet, Würde und einen Anschein von Sinnhaftigkeit zu bewahren. Um zehn Uhr abends löschen sie die Lichter in den Fenstern, weil alle Dinge, die man erledigen kann, erledigt sind, und nur hier und da flackert noch der Schein einer Mattscheibe, aber das ist schließlich eine Form des Traumes, die die Ordnung nicht stört. Europa zieht sich das blaue Leintuch der Nacht über die Ohren und versucht das Schlimmste zu verschlafen.

Im vorigen Winter fuhr ich nach Lemberg. Am Busbahnhof von Przemyśl brach die Dämmerung herein. Als wir losfuhren, war es schon dunkel. Nicht einmal zwanzig Minuten später waren wir in Medyka. In der Ukraine fiel die Nacht auf uns herab. Der Autobus schnurrte die glatte, weiße Straße entlang, und vor den Scheiben verschwamm das Dunkel. Wir kamen durch Dörfer, Siedlungen, doch im Finstern konnte ich nur die Konturen der Häuser ausmachen. Hier und da brannte hinter den Vorhängen eine Kerze oder Petroleumlampe. Es war vielleicht fünf oder sechs Uhr nachmittags, doch aus der Grenzenlosigkeit des Raumes drang kein Schimmer zu uns. Tagsüber erstreckten sich links und rechts menschliche Wohnstätten, aber jetzt waren sie spurlos verschwunden, als hätte die Finsternis alles verschluckt, um es erst im Morgengrauen wieder auszuspeien. Diese illusorische Anwesenheit ließ mir keine Ruhe: Sie waren also alle dort, die Menschen, die Frauen, die Männer, die Kinder, die Säuglinge hockten in den dunklen Zimmern, schauten auf den roten Schein unter den Herden, auf die offenen Ofentürchen, verdammt zur Reglosigkeit und zum Warten, bis der Schlaf kam. Tausende und Abertausende in denselben Posen bei Tisch, auf den Sesseln, die Hände an die Wangen gelehnt, in völliger Stille, in den eigenen Häusern, die mit einemmal fremd wurden.

In Horodok leuchteten ein paar Laternen und ein Schaufenster. Dann ergoß sich wieder Dunkelheit über die Ebene. Die Reise nach Osten war gleichzeitig eine Reise in die Tiefe der Zeit und des Traums. Denn nur dort, in den Abgründen des Vergangenen oder in der Vorstellung, kann man ein Bild einer so totalen Erstarrung und gleichzeitig Potenz, die Vision einer schon fertigen, aber noch nicht in Bewegung gesetzten Welt finden. Um fünf oder sechs Uhr nachmittags ruhte die Erde am Boden des schwarzen Abgrunds und wartete mit den Häusern, den Menschen, den Fernsehern, den Kühlschränken und allem übrigen auf die Wiederauferstehung.

Natürlich wurde hier nur Energie gespart, aber es erinnerte beunruhigend an ein natürliches Ereignis. Wenn die Elemente in unserer Zeit in die menschlichen Gefilde eindringen und in die Fenster schauen, können sie schließlich auch die Gestalt von Stromunterbrechungen annehmen.

Ach Europa, manchmal wache ich nachts auf und höre den slowakischen Sender Východ oder Radio Rebeka. Ich kann nicht schlafen und bin neugierig, was es bei dir gibt. Lou Reed, Dylan, ABBA, Willy Nelson und die Steve Miller Band. Es läßt sich aushalten. Vor allem, wenn sie sagen, daß es bei ihnen auch stürmt und schneit. Die Gemeinschaft der Schicksale und Kulturen. Schade, daß ich nicht die Ukraine, Ungarn oder Rumänien empfangen kann. Ich stelle mir nur die große nächtliche Ebene vor, über der die Feuerwerke von Lemberg und Bukarest leuchten, sie leuchten wie Johannisnachtkränze auf einer großen dunklen Wasserfläche, sie brennen, bis das Morgengrauen sie löscht. Weißt du, einmal bin ich mit dem Flugzeug von Budapest abgeflogen, es herrschte schönes Wetter, und alles lag zum Greifen nah unter mir, doch man konnte nicht erkennen, wo das eine begann und das andere endete. Wenn man hingegen nach Deutschland fliegt, sieht man das auf einen Blick. Sicher wirst du dir am Ende etwas einfallen lassen, um das zu ändern, aber ich bin nicht sicher, ob das gut ist. Jedenfalls sagt man, daß du älter wirst. Die Leute reden alles Mögliche daher. Vor fünfundzwanzig Jahren habe ich deine Bilder im Schulatlas betrachtet. Du hast mir gut gefallen, doch ich konnte nicht recht glauben, daß auf all diesen seltsamen Inseln und Halbinseln Menschen leben, die so sind wie ich. Jetzt glaube ich es immer noch nicht ganz, doch mit fortschreitendem Alter wird der Mensch skeptisch und braucht den Glauben nicht mehr so nötig zum Leben. Ich habe deine Bilder betrachtet und mir vorgestellt, ich würde winzig und unsichtbar über deinen mächtigen Leib krabbeln. Eine ungeheuer erotische Vorstellung. Jetzt erkenne ich es. Das hat sich jemand fein ausgedacht, daß die Kontinente weiblich sind. Europa, wärst du ein Mann, ich könnte nicht so zärtlich an dich denken. Ich würde nachts aufwachen und nur grenzenlose Schläfrigkeit empfinden. Zum Glück ist es anders. Du liegst zwischen dem Blau der Meere auf dem Rücken, dein linker Arm ist Großbritannien und die Hand Irland, der rechte Arm ist Italien, dein schönes Haupt die Iberische Halbinsel, und das Herz schlägt irgendwo zwischen Dijon und Paris...

...Und was pulsiert in deinem Leib, irgendwo zwischen Humenné und Michalovce? Vor allem an jenem wolkenverhangenen Februartag, an dem die Scheibenwischer Regen und Nebel auf der Windschutzscheibe zusammenkratzten und wir, anstatt auf der Hauptstraße zu bleiben, in Strázske abbogen, um uns auf einer drittrangigen Landstraße voller Schlaglöcher wiederzufinden. Staré, Vol'a, Nacina Ves, Petrovce – die Orte waren nicht zu sehen. Sie waren verhüllt von grauer, feuchter Luft. Der Laborec floß irgendwo rechts, aber in der Ebene ist es nicht einmal an schönen Tagen leicht, einen Fluß auszumachen. Reste von Schnee, gelbe Erde, einige Raben und hin und wieder ein paar vor sich hin rostende Trümmer irgendeiner Industrialisierung. Alles ganz nah und von der Feuchtigkeit zusammengedrückt. Wieder einmal waren keine Menschen zu sehen. Wir fuhren mit sechzig Stundenkilometern durch eine Welt, die nur für den Text geschaffen wurde. Eiserne Haustore, Zäune, betonierte Brunnen auf den Feldern, geheimnisvolle Fragmente des weiten Raumes, wenn etwas Licht vom Himmel fiel – alles war bereit für die verrücktesten Gedanken. Hier passierte so wenig, daß einem die Zukunft eine endlose Anzahl von Möglichkeiten eröffnete.

In Michalovce sagte B.: »Hier sieht es aus wie in Mexiko.« J., der in Tucson gelebt hatte und in Sonora gewesen war, pflichtete ihr bei, und ich dachte, so sei es tatsächlich, denn wenn ich einen Ort für die Flucht und den Tod wählen müßte, wie zum Beispiel der Konsul oder wie Ambrose Bierce als Old Gringo, dann würde ich genau hierher kommen, um ständig über den Námestie Osloboditelov, den Platz der Befreier, zu gehen, vorbei an dem pistazienfarbenen Haus mit der Fassade voller Vorsprünge, Gesimse, Säulchen, Falten und Dachstuben. Und bevor ich endgültig vor die

Hunde ginge oder stürbe, würde ich mir dieses Wunder für immer einprägen, das erscheint aber fast ausgeschlossen, und deshalb dehnen sich meine Tage zu einer Karikatur der Ewigkeit. Ja, Europa, meine Utopie und meine Unsterblichkeit. Und dann noch das Haus auf der anderen Seite der Querstraße, dieses Eckhaus, gekrönt mit einer schwarzen Kuppel geradewegs von Wassili dem Besessenen oder von der Warschauer Maria Magdalena, das Haus mit dem Billardzimmer im ersten Stock, wo die Kugeln über das grasgrüne Tuch rollen wie Symbole einer idealen Welt oder einer, aus der es kein Entrinnen gibt. Ich würde herumirren und das alles auswendig lernen, indem ich ständig diese Bierkneipe besuchte, die zwar im Keller liegt, aber trotzdem nicht dekadent wirkt. Wir bekamen dort Erbsensuppe mit gerösteten Brotscheiben und Schweineschulter mit Kraut und Knödeln. Dazu tranken wir Saris und Rum. Das Gewölbe war sehr niedrig. An den Tischen saßen einsame Frauen in Kleidern, die das anbrechende Zeitalter verkündeten. Draußen zogen Nebelfetzen vorüber, und in der Karte stand Kaffee auf algerische Art, das heißt mit Schlagobers und Eierkognak. Der falsche Rum und Algerien erinnerten uns daran, daß wir Teilnehmer eines traurigen östlichen Karnevals waren. Der Kellner war so höflich, daß wir ihn des Schlimmsten verdächtigten; als wir ihm jedoch ein Trinkgeld zurücklassen wollten, wäre er fast eingeschnappt. Er wies das Geld zurück wie eine unerhörte Bestechung. Ich kann nichts daran ändern, genau so war es. Er war ungefähr vierzig, und ich dachte mir, er würde wohl noch Zeiten erleben, in denen sich alles verändert, alles zerfällt und nie mehr so sein wird wie früher. Vor dem Hotel »Družba« standen übrigens schon damals Limousinen, wie sie hier zuvor noch niemand gesehen hatte.

Auf der anderen Seite der Stadt fanden wir in einer Gasse mit ebenerdigen Häusern aus der Zeit vor den zwei Kriegen einen Laden mit einem Schild »Alko-Nealko«. Drinnen spielte ein polnischer Radiosender Schlager von Niemen, und an den Wänden waren vom Boden bis zur Decke hinauf Flaschen gestapelt. Drei Männer tranken Weißwein aus kleinen Limonadeflaschen. In einer Ecke standen silbrige Fässer mit Messinghähnen. Gazdovskie, Demanovká, Borovičká und Becherovká glühten still wie Nachttischlampen in der frühen Abenddämmerung. Wir machten unsere Einkäufe und gingen wieder auf die Straße hinaus. Da kam mir ein bestimmtes Bild von André Kertész in den Sinn.

Ich will nicht ausschließen, daß alles, was ich bisher geschrieben habe, mit dieser Photographie begann. Es ist das Jahr 1921 in der ungarischen Kleinstadt Abony, sieben Kilometer westlich von Szolnok. Ein blinder Geiger geht spielend über die Straße. Er wird geführt von einem halbwüchsigen, barfüßigen Jungen mit Schirmmütze. Der Musiker trägt ausgetretene Schuhe. Sein rechter Fuß steigt gerade über die schmale Spur, die ein Wagen mit eisernen Rädern hinterlassen hat. Die Straße hat keine feste Decke. Es ist trocken. Die Füße des Jungen sind nicht schmutzig, und die Spur der schmalen Räder ist seicht und drückt sich kaum ab. Sie macht eine leichte Biegung nach rechts und verschwindet in der etwas unscharfen Tiefe des Bildes. Ein hölzerner Zaun läuft die Straße entlang, und man sieht das Fragment eines Hauses: In einem Fenster spiegelt sich der Himmel. Etwas weiter ist eine weiße Kapelle. Hinter dem Zaun stehen Bäume. Der Musiker hat die Augen gesenkt. Er geht und spielt für sich und für den unsichtbaren Raum ringsum. Außer den beiden Wanderern ist nur ein Kind von ein paar Jahren auf der Straße zu sehen. Es steht ihnen zugewandt, schaut jedoch irgendwohin in die Ferne, über das Bild hinaus, als wäre hinter dem Rücken der beiden Landstreicher etwas zu sehen, das interessanter ist als das, was die Photographie zeigt. Es ist ein bewölkter Tag, denn weder die Dinge noch die Gestalten werfen Schatten. Der Geiger hat einen Krückstock über dem rechten Arm hängen (ja, er ist Linkshänder), und sein Führer trägt etwas, das aussieht wie eine kleine Pferdedecke. Vom Rand des Bildes trennen sie nur noch wenige Schritte. Gleich werden sie verschwunden sein, und die Musik wird verstummen. Nur der kleine Junge, die Straße und die Wagenspur werden in der Photographie zurückbleiben.

Dieses Bild verfolgt mich seit vier Jahren. Wohin ich auch komme, immer suche ich nach dreidimensionalen und farbigen Versionen davon, und oft glaubte ich sie schon gefunden zu haben. So etwa in Podolínec, in den Nebengassen von Levoča, in dem bis zur Weißglut erhitzten Gönc, wo ich den Bahnhof suchte, der sich als leeres, verfallenes Gebäude herausstellte, und dann fuhr bis zum Abend kein Zug mehr. Dasselbe in Vilmány, auf dem verlassenen Perron zwischen endlosen Feldern, die in der Hitze versanken, dasselbe auf dem Marktplatz in Diljatyn, wo alte Frauen Tabak verkauften, dasselbe in Kwasy, wo der Zug schon abgefahren und ringsum keine lebende Seele zu sehen war, obwohl ein Haus neben dem anderen stand. Und in Solotwyna, unter den unbewegten, mit Salzstaub bedeckten Fördertürmen, und in Dukla, wo ein schwerer, monotoner Wind vom Paß herab weht. In all diesen Orten legte sich André Kertész aus dem Jahr '21 über die durchsichtige Fläche, als wäre die Zeit genau damals stehengeblieben, und die Gegenwart hätte sich als Irrtum erwiesen, als Scherz oder Verrat, als wäre meine Anwesenheit an diesen Orten ein Anachronismus und Skandal, weil ich aus der Zukunft gekommen bin, aber ich war deshalb um keinen Deut klüger, sondern nur um so ängstlicher. Die Fläche dieses Bildes hypnotisiert mich, und alle meine Reisen dienen nur dem Zweck, am Ende Zugang zu seinem Inneren zu finden.

Auch in der nebeligen Dämmerung in Michalovce, in dieser Gasse mit dem Laden »Alko-Nealko«, glaubte ich, hier irgendwo sei der Durchlaß. Wir gingen nach links. Ebenerdige, breite Häuser stießen aneinander. Die Mauern und Toreinfahrten bargen ein Gewirr von Höfen, das sicher in die letzten Jahre des vorigen Jahrhunderts zurückreicht. Verblichenes österreichisch-ungarisches Gelb blätterte von den Mauern. Die Größenordnung all dessen, die Verlassenheit waren menschlich und sanft. Doch plötzlich brach alles ab. Das Gäßchen führte nicht weiter. Ein Wohnblock, vielleicht aus den sechziger Jahren, beschloß es. Der graubraune Termitenbau war unsichtbar mit dem Himmel verbunden. Um die Müllhalde der Siedlung lagen bunte Flaschen von Mirinda, Fanta und Cola verstreut. Auf dem leeren Parkplatz stand ein alter Kadett mit offener Haube. Drei Typen stocherten darin herum. Das heißt, einer stocherte, und zwei rauchten und erteilten Ratschläge. Obwohl wir noch weit weg waren, hatten sie uns schon bemerkt. Hier konnte man einen Fremden schon aus einer Entfernung von hundert Metern ausmachen, weil alles ringsum leer war. Zwischen den alten Häusern am Anfang und dem Corbusierschen Bastard am Ende gab es keine Kontinuität. Der Raum war zersprungen, und nun dehnte sich die formlose, unmenschliche Zeit darin aus. Ein paar Jahrzehnte Reglosigkeit, und dann plötzlich der verrostete Opel und die aus dem Schnee ragenden Fanta- und Colaflaschen. Ich versuchte mir vorzustellen, wie jemand in einem halben Jahrhundert eine Photographie von diesem Block und den drei Typen entdecken würde, die im Objektiv erstarrt sind, empfand jedoch nur Trauer.

Als ich vor kurzem Wäsche wusch, kam mir plötzlich die Erkenntnis, daß ich Mitteleuropäer bin. Vielleicht hieß das Waschmittel im bunten Karton OMO, Ariel oder sonstwie. Eine ferne, halb mythische Zivilisation – vielleicht Procter and Gamble, vielleicht Henkel oder auch Lever – sprach zu mir in meiner eigenen Sprache. Mehr noch, sie sprach auch zu anderen Mitteleuropäern in ihren Sprachen: *Prací prostriedok pre farebnú bielizen. Fékezett habzású mosópor szines ruhákra. Detergent pentru rufe colorate. Proszek do prania tkanin kolorowych* ... Ich steckte die Sachen in die Waschmaschine, maß die genaue Dosis Ariel oder auch OMO ab und spürte, daß meine Existenz grundsätzlich und unwiderruflich anerkannt wurde. Ich sah mir andere Verpackungen im Badezimmer an. Zahnpasten, Deodorants, Scheuerpulver und -milch: von allen Seiten wurde mir meine mitteleuropäische Auferstehung verkündet. Das war wie die Anerkennung der Unabhängigkeit oder die Aufnahme diplomatischer Beziehungen. *Skladujte mimo dosah deti.* Außerhalb der Reichweite von Kindern aufbewahren. Ja, Europa, dein Herz schlägt irgendwo zwischen Dijon und Paris, und dein schönes Haupt ist die Iberische Halbinsel auf dem blauen Kissen des Wassers. Dein unersättlicher Bauch ist Deutschland. Und ich? Das heißt wir? Sind wir etwa deine Lenden? Vor etwas mehr als zwanzig Jahren hatte ich dieses Wort noch nicht einmal gekannt und mich wie ein Fisch im Wasser, wie Gulliver beim Besuch der Königin von Brobdingnag gefühlt, wenn ich stundenlang über deinem Bild wie über etwas Verbotenem brütete. Der rechte Schenkel ist die Ukraine und der linke Skandinavien. Lange herbstliche Nachmittage, die ich über dem Schulatlas auf der Suche nach deinen Schlagadern verbrachte: Donau, Seine, Rhein und Dnjepr. Ich spürte ihren Puls unter der grün-goldenen Haut der Ebenen und Hochflächen. Heute bin ich längst erwachsen und streue Pulver in die Waschmaschine. Ich stelle das Programm ein und beginne zu lesen: Danilo Kiš, Bohumil Hrabal, Joseph Roth, Dubravka Ugrešić, *Fuhrleute* von Péter Esterházy, Jakub Deml, Miodrag Bulatović, Ioan Groşan und *Bildungsroman* von Krzysztof Varga. Ich lese das alles, weil es Nacht ist, es draußen nichts zu sehen gibt und keine Reise bevorsteht. Ich lese eine Seite, eineinhalb, lege das Buch zur Seite und nehme das nächste, weil die Literatur die Geschichte und auch die Geographie nachahmt, und in diesem Fall muß sie sich aus Fragmenten, aus Bruchstücken, aus Blicken aus dem Auto zusammensetzen, weil es bei uns unmöglich ist, eine lange, sinnvolle Erzählung zu komponieren, die nicht langweiliger und weniger glaubwürdig wäre als das Leben und die Welt.

Ähnlich schwierig und für andere vielleicht sogar unmöglich ist es, in unseren Sprachen mehr zu sagen, als in der Gebrauchsanweisung auf einer Packung Waschpulver steht. Ja, Europa, ich habe das Programm »Hauptwäsche« eingestellt, Temperatur 60 Grad, und jetzt kann ich die nächsten zwei Stunden über dich nachdenken. Draußen herrscht Frost, und der Mond hängt im Süden, irgendwo über Hidasnémeti. Dein Leib setzt sich aus Namen zusammen, und die Liebe besteht darin, daß die Worte mehr bezeichnen, als sie in Wahrheit bedeuten.

***

In Berlin fragte ich einmal einen bekannten Deutschen, wo Europa eigentlich endet. Für gewöhnlich stelle ich keine provokant wirkenden Fragen, aber A. war erwachsen, vernünftig und besaß eine ordentliche Portion vertrauenerweckender skeptischer Selbstironie. Außerdem tranken wir Jim Beam, und das Mittagessen war vorbei. Ich stellte die Frage aus reiner Neugier. Mich interessierte die Bedeutung der Gefühle, die mich stets begleiten, wenn ich über die hohe, düstere Brücke in Frankfurt an der Oder fahre. A. nahm einen Schluck, wurde ernst und formulierte dann eine Definition von einem geistigen Raum, der so weit reicht wie die Werte der liberalen Demokratie und Toleranz und die »postaufklärerischen« Werte. Natürlich stimmte ich dieser Antwort zu, weil sie mich restlos zufriedenstellte: sie präzisierte nichts, schränkte nichts ein und störte auch nicht die Atmosphäre unserer Siesta nach dem Essen. Doch einen Moment später sagte mein Bekannter, der offenbar seine Theorie mit einem bildlichen Beispiel untermauern wollte: Zwischen '33 und '45 gehörte Deutschland nicht zu Europa.

Ich war mit meinem Jim Beam beschäftigt und dachte, daß es das wohl auch gar nicht mußte, weil Europa gleichsam in Deutschland aufgegangen war. Dann trat ich auf den Balkon hinaus, um eine Zigarette zu rauchen, meine Ironie verflüchtigte sich, und ich sah rauchend auf die nachmittägliche Güntzelstraße hinunter – nichts deutete darauf hin, daß sie je irgendwohin umgesiedelt worden wäre. Was A. mir gesagt hatte, erschütterte meine bisherige Vorstellung von Raum und Gemeinschaft doch irgendwie. Es zeigte sich, daß man einen Ort verlassen kann, während man gleichzeitig dort bleibt, und zwar ganz augenfällig. Ich rauchte und fragte mich: Wo war A.'s Heimat zwischen '33 und '45, wenn nicht hier, denn irgendwo mußte sie ja gewesen sein? Wahrscheinlich gab es sie damals gar nicht. Hier bestätigte sich meine alte Intuition, daß es nichts Schlimmeres gibt als die totale Nichtexistenz. Die Abwesenheit eines Staates oder einer Nation wird für die Gemeinschaft, die der Nation oder dem Staat angehört, zum reinen Horror. Ja, der alte Kontinent war wie eine Tramway, aus der man aussteigen kann, um etwas zu erledigen, und dann springt man an einer anderen Haltestelle wieder auf. Der alte Kontinent war auch wie eine kirchliche Gemeinschaft, aus der man sich auf eigenen Wunsch exkommunizieren kann, um dann wieder in ihren Schoß aufgenommen zu werden. Ach diese herrliche dynamische Souveränität und Subjektivität der Menschen im Westen. Mit derselben Leichtigkeit, mit der sie früher Gebiete durchmaßen, durchmessen sie jetzt Ideen.

Wenn man im Raum fest verwurzelt ist, fallen einem solche Experimente mit der Zeit möglicherweise leichter. Die Geschichte des Denkens begann schließlich erst richtig, als die Nomaden beschlossen, seßhaft zu werden, und die Grundrisse künftiger Städte in den Sand oder die Steppe zeichneten. Eine ständige Behausung erwies sich als Voraussetzung einer unbeständigen, dynamischen Reflexion, und das Bewußtsein von der Zeit, ihren Kapricen und fließenden Eigenschaften war eine der ersten Entdeckungen. »Zwischen '33 und '45 gab es uns nicht.« Aber es gab uns ja doch zwischen Seine und Wolga. Ich will nicht versuchen, diese Widersprüche aufzulösen, weil ich mich nicht verrückt machen will. Paradoxa sollte man als Glaubensgeheimnisse akzeptieren. Sie wecken Unruhe im Denken und erzeugen ein aufregendes Gefühl von Mehrdeutigkeit, das die Emotionen auf der Brücke in Frankfurt an der Oder bloß als momentane Stimmungsschwankung erscheinen läßt.

Durch die Güntzelstraße fuhr ein gelber Autobus Nummer 115. Der Jim Beam prickelte angenehm in meinem Organismus. Ich fühlte mich wohl und gleichzeitig völlig gleichgültig. Morgen sollte ich diese Stadt verlassen, und ich wußte, daß ich weder Bedauern noch Sehnsucht verspüren würde. Vielleicht, weil Berlin, ähnlich wie Warschau, zu virtuell und unwirklich war. In Wahrheit ist es ja '45 verschwunden, was die These von seiner Abwesenheit aus Mitteleuropa, freilich etwas später, bestätigen würde. Es ist verschwunden, und seine gegenwärtige Gestalt ist eine Illusion. »Ich hatte den Eindruck, die Welt habe keinen Zugang zu mir. Ich liebte die Berliner Mauer. [...] Das war ein seltsamer, verrückter Ort. Er gehörte weder zu Westdeutschland noch zu Ostdeutschland.« (Iggy Pop). Demnach mußten hier die Regeln von Träumen oder Fiebervisionen gelten. An manchen Stellen erinnerte die Stadt an die Träume von Emigranten aus den achtziger Jahren, an anderen an die Orte, aus denen all die Polen, Ungarn oder Jugoslawen geflohen waren, weil ihnen die Düsternis ihrer eigenen Länder wie ein unverdienter Fluch erschien. Sie kamen in ein Land der abertausend Spiegel, fanden sich zwischen riesigen Glasflächen wieder, in unendlichen Fluchten geschmolzenen Siliziums, polierten Stahls und Aluminiums, und konnten endlos ihr vervielfältigtes Spiegelbild betrachten. Dasselbe in Wien, dasselbe in Salzburg und in München, in Düsseldorf und in Frankfurt am Main. Als wäre ihr Europa umgeben von einem Kordon aus Spiegeln. Aus Glas erbaute Städte haben etwas zutiefst Unmenschliches. Sie erheben unsere Existenz zum Quadrat oder Kubik, um sie schließlich für ungültig zu erklären. Das mußte auf jene doppelt wirken, denen ihre eigene Existenz unvollständig und ungenügend erschien.

Immer wenn ich an den Westen Europas denke, denke ich zuerst »Glas«. Sonst kommt mir nichts in den Sinn. Gläserne Halbdurchsichtigkeit voll gefangenen Lichts. Alles andere kommt später. All die konkreten Erinnerungen, Dinge, Landschaften, die Geschichte und der Dom von Köln, den ich nicht betrachten konnte, weil er zu groß und zu alt und übertrieben wirklich war. Nur das Glänzen der Fenster, Schaufenster und Stockwerke, das Schimmern der Karosserien, die mit Luft gefüllte Geometrie, die Materie gewordene Arithmetik werde ich immer im Kopf behalten. Das Benthamsche Panoptikon (natürlich in der Interpretation von Foucault) ist nichts weiter als ein biederes Denkmal der Ideen und der Architektur. Das Licht dient nicht mehr dazu, uns für andere sichtbar zu machen. Es soll uns selbst beleuchten und uns unablässig unsere eigene Existenz bestätigen. Wir spiegeln uns nicht mehr in fremden Augen. Unser Bild fällt auf ebene, kühle Flächen und kommt erst dann zurück, erst dann erhalten wir eine Bestätigung unserer eigenen fernen Anwesenheit. Es ist kein Zufall, daß Quarz der wichtigste Bestandteil von Glas ist und ein Grundelement, das in der Elektronik Verwendung findet.

Vielleicht habe ich übertrieben. Der letzte Satz könnte eine Verschwörungstheorie einleiten, wie etwa jene, die von der dreifachen Sechs als Zeichen der Bestie und der direkten Verbindung des oben Gesagten mit den Strichcodes auf Waren spricht. Ich habe mich also vergaloppiert: Silizium, die Innereien der Erde, tellurische Gottheiten, die Wirklichkeit als Luftbild, der Magier Apollonius, Solowjow, Silicon Valley als Sitz des Teufels, Luzifer als Träger des Lichts und griechischer *Phosphóros*, den man mit schimmerndem Moder und dem satanischen Glanz der Zersetzung in Verbindung bringt... Man könnte daraus eine spannende und – *nomen est omen* – schimmernde Erzählung vom gestohlenen Eigentum Gottes und von menschlicher Hoffart spinnen, oder man könnte, dem Zeitgeist entsprechend, die Erzählung auch in die entgegengesetzte Richtung lenken und beweisen, daß sich die Dinge von Beginn an anders verhielten, daß das, was anscheinend Diebstahl war, in Wahrheit nur eine revolutionäre Umverteilung unverzichtbarer Güter darstellte...

Ja, aber morgen sollte ich wegfahren, ohne Bedauern und Aussicht auf Heimweh. In der Wohnung hörte ich das Murmeln von Gesprächen, doch mit meinen Gedanken war ich schon am ehemaligen Ostbahnhof: früher Morgen zwischen den rötlichen Geflechten der Gleiskörper, über Friedrichshain geht die Sonne auf, ihr Schein kriecht langsam über den Bahnhof und erreicht die polierten Klippen von Daimler City, und ich bin wieder einmal mit dem Leben davongekommen, meine Seele hat keinen Schaden erlitten, sie hat nichts gewonnen und nichts verloren, weil sie unempfänglich ist für das Virtuelle, für Staaten und Städte, die im Rhythmus der Wünsche ihrer Bewohner auftauchen und wieder vergehen. Wenn das Wetter mitspielt, werde ich in sechs, sieben Stunden aus der Ferne die Hochhäuser von Warschau sehen, und das wird dann auch wieder nur eine etwas solider gefertigte Fata Morgana sein, deren Spiegelbild mir von Berlin durch die Luft folgte. Denn auch Warschau ist unwirklich und existiert kaum. Es war ein makabrer Einfall, diese bis auf die Grundmauern zerstörte Stadt wiederaufzubauen. Eine romantische Geste von der Art jener, die sich wegen der Größe des Vorhabens stets in ihre eigene Parodie verwandeln. Wenn man den Schöpfer oder geringere Kräfte nachahmt, die unabhängig vom menschlichen Willen wirken, mündet das immer in eine Niederlage oder Groteske. Wir sollten den Platz, der von der Stadt übriggeblieben ist, in Ruhe lassen. Höchstens ein wenig aufräumen und etwas Geschmackvolles danebenstellen. In den Ebenen findet sich dafür immer genug Platz. Die »Heldenstadt Warschau« ist wie ein Zombie, denn die echten Helden, die ihr Leben ließen, sollten für immer tot sein und nur in der Erinnerung fortleben. Dort ist ihr Platz. Wenn man sie vom Tode erweckt, erinnern sie an Frankenstein. Was war das bloß für eine Idee, die Hauptstadt über den Leichen aufzubauen und aus dem ganzen Land Waggonladungen von Ziegeln heranzuschaffen, die man aus anderen Städtewracks gebuddelt hatte, und schließlich Massen von Dorfbewohnern zu diesem makabren Auferstehungsfest zu locken, um den Leichnam der Stadt in Besitz zu nehmen und der historischen Gerechtigkeit Genüge zu tun.

Ja, vielleicht wird mein künftiger EuroCity von nirgendwo nach nirgendwo fahren.

Ich weiß nicht, was diese doch recht banalen Feststellungen, diese beharrliche Suche nach nicht einmal offensichtlichen Ähnlichkeiten, diese schwankende Konstruktion der Geographie, des Vorgefühls und mißglückten Diskurses eigentlich bringen sollen? Wem soll das was nützen? Die postmoderne (mit Verlaub, natürlich) Freiheit der Wahl, verbunden mit dem modernistischen Wunsch nach Grenzen. Um irgendwohin zu gelangen, muß man von irgendwo aufbrechen. Man darf sich nicht selber belügen – eine Reise ist immer eine Flucht und wirkt wie ein Narkotikum. Das eine ist genauso ein »Trip« wie das andere. Ein Amphetamin des Raumes, LSD der Landschaft, ein heroinumnebeltes Einverständnis mit dem Geschehen. Doch man muß das wenigstens bezeichnen, was uns zum Ortswechsel veranlaßt, man muß die Lage der Antipoden feststellen. Sag mir, was du verlassen hast, und ich sage dir, wer du bist. Alles zusammen gleicht einer mentalen Version des Archimedischen Prinzips: zu überprüfen, wie sich dein Denken verhält, wenn es in verschiedene Räume eintaucht. Oder auch: Wo deine Seele ihre größte Entfaltung findet, oder wo sie die größte Leere erlebt. Im Zug nach Bremerhaven oder im Zug nach Burkut-Kwasy? In

Záhony, wo der Zug dröhnend über die Theiß-Brücke fährt, oder zwischen Kreutzlingen und Konstanz, wenn der Zug über den mit Nebel bedeckten Arm des Bodensees gleitet, der angeblich Untersee genannt wird, und der Kellner, der wie ein Italiener aussieht, einen Wagen mit Bier und Kaffee vor sich herschiebt, der scheppernd über die Grenze fährt, mit dem Zug, mit mir und mit einer französischen Familie, die ebensogut eine Schweizer Familie sein könnte, und kein Schwein fragt mich nach meinem Paß. Alles ist ruhig und sauber, und das nebelhafte Blau des Sees dringt durch die Scheiben, als wären sie nicht vorhanden. Doch zwischen Záhony und Tschop prügeln sich Burschen im Durchgang zwischen zwei Waggons bis aufs Blut, und als endlich einer zu Boden geht, bearbeitet ihn der andere, der Kurzgeschorene, noch mit den Absätzen. Neben mir sitzt eine hagere Frau, ihr ganzes Gepäck besteht aus einer Zehnliterflasche Sonnenblumenöl, die sie sorgsam mit dem Arm umklammert, und in der Hand hält sie den roten ukrainischen Paß. Dann kommen die Zöllner und die Grenzbeamten, es mögen sechs oder sieben sein. Transkarpatische Zigeuner holen ihre Dokumente in blauen Kartoneinbänden hervor und bekommen wortlos einen weiteren, hundertsten Stempel. Vom Durchgang zwischen den beiden Waggons kommt ein Mädchen mit goldglänzender Frisur auf Plateausohlen gelaufen, ein Träger ihrer Bluse ist heruntergerutscht, und sie ruft nach Wasser, um dem Geprügelten das Gesicht zu waschen. Die Theiß vor dem Fenster ist seicht und sumpfig. Weiden und Schilf stehen im Schlamm. Das Mädchen kehrt zu seinem Burschen zurück, und durch die Scheibe sieht man, wie sie ihm behutsam über den Bo- gen der Augenbrauen und die zerschlagene Nase wischt. Der Glatzkopf geht mit wiegenden, siegessicheren Schritten durch den Waggon, als suchte er einen neuen Gegner, aber er beginnt nur eine leise Unterhaltung mit den Uniformierten.

An all das erinnere ich mich. Ich erinnere mich an das Gesicht der hageren Frau mit der Ölflasche, ich erinnere mich an den heruntergerutschten Träger des Mädchens und an die Ballonseidenhose des Glatzkopfs, aber ich weiß nicht mehr, was ich in Konstanz in der Kneipe am Seeufer gegessen habe, nicht weit von dem Ort entfernt, wo Jan Hus verbrannt wurde. Ich erinnere mich an die Paprikawurst und an den Körte Palinka auf der Bank in Záhony vor der Abfahrt und an den Typen, der mir Forint verkaufte, und an seine Kneipe und an die Scheibe, auf die der gelangweilte Barmann mit Pfeilen warf, und an die Artemis aus Kornähren und an den Laden, in dem ich sie kaufte, und an den Plastiksack des Schwarzhändlers voller Hrywny, die mit Gummibändern zu Bündeln geschnürt waren – doch von Konstanz ist mir nur der Geruch von Schlamm und Fischen in Erinnerung geblieben. Es ist also leicht möglich, daß mein Geist vor allem aus Erinnern besteht und an manchen Orten die Fähigkeit verliert, Bilder wiederzugeben und festzuhalten, als wäre er blind geworden und unempfindlich wie ein belichteter Film. Es bleiben nur Schatten der Dinge zurück, der Verdacht, die Mutmaßung, daß etwas existiert, aber nie die Tatsachen als solche, denn im Zug von Hamburg nach Hannover habe ich mir ja auch nicht die Gesichter der beiden gemeinen Bundeswehrsoldaten eingeprägt, sondern bloß die Tatsache, daß sie Gregor Strasser in einer billigen Taschenbuchausgabe lasen und sich sichtlich angeregt über die Lektüre unterhielten. Dagegen sehe ich, obwohl das schon lange her ist, das weiße Kleidchen mit der Schleife und die weißen glänzenden Schühchen des kleinen Mädchens im Zug von Diljatyn nach Iwano-Frankiwsk ganz deutlich vor mir, ich sehe, wie es leichtfüßig schwebend wie ein Schmetterling die hoffnungslos verdreckte Zugtoilette betritt und nach einer Weile unberührt und unbefleckt wieder herauskommt, als hätte die Unschuld seiner fünf Jahre die Kraft, den realen Schmutz zu besiegen.

Ja, daraus setzt sich mein Europa zusammen. Aus Einzelheiten, Kleinigkeiten, Ereignissen, die nur wenige Sekunden dauern und an Filmszenen erinnern, aus flimmernden Fragmenten, die durch meinen Kopf wehen wie Blätter im Wind, und durch dieses Gestöber von Episoden schimmern Landkarten und Landschaften. Das ist so, weil meine Leidenschaft schon immer der Geographie und nicht der Geschichte galt, von deren riesigem, halbtotem und halbverwestem Leib wir uns in unseren Gegenden so lange ernährt haben. Die Geographie dagegen wurde uns geschenkt wie eine Offenbarung, und sie ist eines der wenigen Dinge, die wir nicht zerstören konnten. Die politische Geographie oder die Wirtschaftsgeographie sind bloß Bastarde. Man braucht nur die vulgären Falsifikate zu betrachten, die diese Strolche von Kartographen erstellen, um sich einen Begriff von ihrem wahren Wert zu machen. Sie erinnern an Schatten auf einer schmutzigen Scheibe und sind auch nicht viel dauerhafter.

Die wahre Geographie ist ein Fluchtweg, der nach Süden führt, weil Osten und Westen von ihren entarteten Schwestern besetzt wurden und meine ausgehungerte Seele dort nichts zu finden vermag. Sie wird höchstens von der alten, wohlbekannten Angst befallen, die im Norden zwar in Winterschlaf versinken kann, aber mit einem Stück Eis in der Brust läßt es sich schließlich nicht leben. Der Osten ist bloß die Antipode, das Spiegelbild des Westens, doch ich habe mich nie mit einfachen Lösungen begnügt, und deshalb fühlte ich mich in Seregélyes so glücklich, wo ich im Verlauf einer Woche sieben Liter Körte Palinka trank, ohne daß meine Gedanken für einen Moment ihre Klarheit verloren hätten, weil dort zwischen neun Uhr morgens und vier Uhr nachmittags gutwillige Amerikaner versuchten, mir beizubringen, wie man Geschichten präzis und packend erzählt. Und Gott ist mein Zeuge, daß ich mir redlich Mühe gab, ihre Methode zu begreifen, doch unter ihren Blicken riß mir der Faden meiner Erzählung, und manchmal fragten sie mich, warum sich mein Held nicht verändere und am Ende der gleiche sei wie am Anfang, und ich versuchte ihnen klarzumachen, daß in Wahrheit ich selber der Held sei, und daß ich von all diesen Veränderungen die Nase voll habe und nur wolle, daß die Welt endlich andauern und aufhören möge, Salti zu schlagen, daß mich gerade die Bewegungslosigkeit fasziniere, denn die menschlichen Handlungen würden immer unwichtiger, übrigens hätten wir schon viel zu viele gehabt, und die meisten seien schlecht gewesen. Doch das konnte ich ihnen nicht begreiflich machen, obwohl ich einen hervorragenden Übersetzer hatte; sie waren der Ansicht, Helden könnten ihr Schicksal selber bestimmen, und daher verließ ich jeden Nachmittag das weiße Hotel mit den schwarzen Fensterläden, ging durch den alten Park und dann über den klebrigen Asphalt, ringsum die in der Hitze duftenden Kukuruzfelder, um schließlich zwischen den weit verstreut liegenden Häusern des Dorfes unfehlbar den *italbolt* oder kleinen Laden zu finden. Und dann konnte ich manchmal lange über all das nachdenken, und um drei Uhr morgens wurde ich von Schlaflosigkeit erfaßt, vermischt mit endloser Einsamkeit, und dann spürte ich, wie unter mir die große Ungarische Tiefebene wogte, und ich fühlte mich wohl, weil ich wußte, daß am Morgen, nach einem üppigen Frühstück mit Eiern und Speck, das wiederum den Amerikanern schlaflose Nächte bereiten würde, die Ungarn, wenn sie meiner Erzählung zuhörten, keine Fragen zu meinem Helden stellen und ihn so akzeptieren würden, wie er war, und daß sie sich für das interessieren würden, was hinter seinem Rücken geschah. In der schattigen Gartenlaube würde Gyula sagen: »Ich sehe diese Welt vor mir.« Das würde genügen. Sie interessierten sich so wie ich für die Kontinuität der Wirklichkeit, und sie wußten, daß es die Wirklichkeit war, die diese Heldentaten vollbringen, das heißt, den menschlichen Einfallsreichtum besiegen muß.

Ehe am Morgen die Hitze hereinbrach, machte ich mich

auf zum grünen Weiher. Später legte sich heiße Luft über die Gegend, und ich wunderte mich, daß es Menschen gab, die nicht bemerkten, wie greifbar die Welt war. Der kleine, dünne Rumäne trug eine graue Jacke mit einem silbernen Kreuz am Revers. Sein Kollege war in Leder gekleidet, hatte einen Schnurrbart und hätte einen Typen aus einer Motorradgang abgeben können. Wir sollten lernen, präzis zu erzählen. Ich stand um sechs Uhr morgens auf, bevor die Sonne den Tau trocknete, und spazierte durch den großen Park. Die Weinbergschnecken ließen glänzende Spuren auf ihren Pfaden zurück. Der Park endete, und ich kam zu einem grasbewachsenen Fußballplatz mit weißen Toren. Ich sah die ersten Häuser des Dorfes. Ein Mann fuhr auf einem Rad an mir vorbei, an das er Angelrute und Käscher gebunden hatte.

Eines Tages begann es zu regnen, und es regnete die ganze Nacht. Der Regen trommelte auf das Blechdach und gurgelte in den Dachrinnen. Dampf stieg von der Erde auf, von den kiesbestreuten Alleen und den Platten des Gehwegs. Auf der Landkarte im Fernsehen sah ich, daß die dunkle Wolke von Prag über Wien bis Zagreb und Subotica und von dort in einem sanften Bogen bis Prešov reichte, um schließlich irgendwo über meinem Haus, nahe der slowakischen Grenze, zu verblassen. Ich dachte, daß die Zigeuner aus Košice jetzt in der Gastwirtschaft »U smädneho mnícha« säßen und allen Grund hätten, nicht zu früh hinauszugehen. Dort hatte ich mich einmal mit einem Zweikronenstück abgemüht, bis ich herausfand, daß der Automat, mit dem die Toilette verschlossen wurde, kaputt war. Jetzt regnete es fast im ganzen Kaiserreich. Ich rauchte Camel ohne Filter vom Dutyfree in Okęcie und versuchte mir einen verregneten Sommertag vor einem Jahrhundert vorzustellen: Der Geigenspieler aus Abony ist nicht älter als zehn, zwölf Jahre, und sein Führer ist noch gar nicht geboren. Die Länder der Habsburger schwellen langsam an wie krankhafte Arterien und versuchen ihr eigenes Leben zu führen. Der Artikel XIX der Verfassung ist wie eine Bombe mit Zeitzünder, und diese Bombe wird die Monarchie in Stücke reißen. Ich stehe am Fenster des Dorfgasthauses und schaue zu, wie die Fuhrleute auf dem morastigen Anger Pferde einspannen und die Ladungen auf den Wagen mit Planen zudecken. Sie rufen sich ungarische, vielleicht auch slowakische, ukrainische oder polnische Worte zu. Die hellbraunen Rücken der Wallache und Stuten werden dunkel im Nieselregen. Es ist der achtzehnte August – der Geburtstag seiner Majestät. In meiner Stube stehen nur ein Bett und ein Stuhl, weil ich ein armer Schlucker bin. Es kommt mir jedoch gar nicht in den Sinn, Sozialist, Demokrat oder Nationalist zu sein. Gut möglich, daß ich Zigeuner bin. Das ist auch der Grund, weshalb ich die Pferde so aufmerksam mustere, während mir Ideen bloß Schwierigkeiten bereiten. Gestern haben Männer an meinem Tisch über hochtrabende Ideen gestritten. Ich saß still daneben und war froh, daß sie mir keine Beachtung schenkten. Um die Wahrheit zu sagen, kümmert es mich einen Dreck, daß seine Majestät Deutsch spricht. Zumindest, solange er sich nicht direkt an mich wendet. Aber wenn er der König der Ungarn ist, kann er ebensogut der König der Zigeuner sein. Aus diesem Grund bin ich für eine Monarchie, die von einem Ende der Welt zum anderen reicht, überall dorthin, wo Wagenräder rollen und Pferde stapfen. Je mehr Land der Kaiser besitzt, desto besser für den einfachen Mann. Wenn das Land von Ideen regiert wird, weiß man nie, wem es gehört, weil sich Ideen ändern, während der Kaiser sich nie ändert. Er kann höchstens sterben, und dann folgt ihm ein anderer nach, und wir sind wieder Untertanen. Daran ist nichts Schlimmes. Eine ferne Macht ist die beste. Wir können uns immer ausreden, wir hätten etwas nicht verstanden, was sie uns sagte, und können uns der Illusion hingeben, sie habe unsere Bitten aufgrund der großen Entfernung nicht gehört. Jetzt fahren die Wagen los. Das Quietschen der Achsen geht im Schmatzen des Morastes unter. Die Fuhrleute hüllen sich in Pelerinen aus Segeltuch, getränkt mit Talg. Sie ziehen die Zügel an, und die Gespanne wenden sich nach Norden. Ich schaue ihnen nach, doch bald verschwinden sie im grauen Regen, und es wird still. So ist es am besten. Nichts geschieht.

Solche Dinge gingen mir an jenem Regentag in der Ortschaft Seregélyes durch den Kopf. Ich stand ebenfalls am Fenster und schaute auf den grauen Vorhang aus Tropfen. In meinem Zimmer gab es nur ein Bett, einen Sessel und einen kleinen Fernseher. Der Regen raschelte in der Krone des großen Kastanienbaumes im Hof. Durch das eintönige Rauschen drang das ferne Geräusch von Zügen. Nie zuvor hatte ich einen so niedrigen Himmel gesehen wie in dieser Ortschaft. Sogar an schönen Tagen hing er dicht über dem Boden. Diese Schwere bewirkte, daß ich seine Existenz doppelt spürte. Gerade so, als müßte ich ständig mühevoll zwei zusammengeklebte Elemente voneinander lösen. Himmel und Erde preßten sich so dicht zusammen, als wollten sie alles Leben zwischen sich zerquetschen. Es waren keine Menschen zu sehen. Nur manchmal erschien jemand in einer dunklen Haustür. Auch in den Läden traf ich niemanden, nur die Verkäuferinnen. Ich glaubte langsam zu verstehen, was vor hundert Jahren das Kaiserreich gewesen war. Es hatte als Raum existiert, in dem jede Flucht möglich erschien. Man konnte von einem Ort zum anderen ziehen, ohne das vorige Leben völlig aufgeben zu müssen. Man konnte alles zurücklassen und nur die wichtigsten Dinge mitnehmen. Ein Bergmann aus der Region Čadca in der heutigen Slowakei, der in die Bukowina zog, ließ die ganze Welt zurück, aber dort, unter Rumänen und Huzulen, wurde er gleichsam zu einem doppelten Bergmann.

Die Langeweile und Zersetzung Kakaniens, wie sie die Literaten beschrieben, waren überwiegend Produkte ihres Denkens. Außerdem besaßen die Autoren nicht genug Phantasie, um sich etwas Schlimmeres auszumalen. Die Wirklichkeit sollte ihre Bemühungen bald übertreffen. Und doch waren sie, bevor es dazu kam, einfach nicht imstande, sich etwas Schrecklicheres als das vorzustellen, was sie vor Augen hatten, und ihr Wunsch nach Veränderung war genauso selbstverständlich wie die Entwicklung der Eisenbahn. In den Adern moussierte das neunzehnte Jahrhundert, das die Wirklichkeit verabsolutiert und aus der Vorstellung bloß ihr Spiegelbild, wenn nicht gar ihre Daguerreotypie gemacht hatte. Wenn man sich etwas vorstellen will, muß man es zuerst erschaffen. Oder umgekehrt: Wenn jemand von etwas träumt, macht er sich gleich an die Ausführung dieses Traumes aus einem etwas dauerhafteren Stoff. So oder so erinnerte dieses Europa an eine Provinzlerin, die von der Metropole träumt. Das wahre Leben sollte sich nicht anderswo abspielen, sondern in einer anderen Zeit, nämlich in der Zukunft. Frau Europa interessierte sich nicht für den Raum, weil für sie keine größere territoriale Expansion mehr in Frage kam. Sie träumte nicht von fernen Ländern, obwohl sich auch auf ihrem Gebiet noch Gegenden gefunden hätten, in denen sich Werwölfe tummelten und Greife durch die Lüfte segelten. Sie interessierte sich für die Zeit, oder besser ihre Möglichkeitsform, das heißt für die Zukunft. Die Zukunft als etwas unendlich Plastisches und Dehnbares war imstande, alle verwirklichten Wünsche und erdachten Stoffe in sich aufzunehmen.

Das ist der Grund, warum ich mich immer am achtzehnten August, dem Geburtstag des Kaisers, nostalgisch betrinke. Und so wie den Zigeuner vor hundert Jahren kümmert es mich nicht, daß seine Majestät Deutsch sprach. Ich betrinke mich im Andenken an den letzten echten Kaiser, weil man seine Größe, sein operettenhaftes, infantiles und tolpatschiges Heldentum erst aus der heutigen Perspektive erkennt. Erst aus dem Blickwinkel dieser verrückten Jahre begreift man, daß eine schwerfällige, langsame und fehlerhafte Entwicklung immer noch besser ist als jede Revolution. Und sei es nur, weil sie einen bewährten Weg einschlägt, den andere Gattungen vorgezeichnet haben. Man kann sagen, daß ich am achtzehnten August einfach aus Angst vor der Zukunft trinke, so wie die Menschen vor hundert Jahren auf das Kommende tranken.

Genauso war es in Gönc am 190. Jahrestag. Ich fand einen Laden nicht weit von der rosa bemalten *cukrászda*, kaufte eine Flasche Körte und setzte mich auf eine Mauer. Sofort erschien ein dunkelhäutiger, bärtiger Mann, der einen Fischgrätenmantel über dem nackten Oberkörper trug. Er holte einen Emailbecher aus seinem Busen und streckte ihn mir wortlos hin. Konnte ich ihm das abschlagen? An einem solchen Tag? Am Geburtstag unserer Majestät? Schließlich reiste ich durch seine Lande, und er hatte angeblich in seinem Palast sogar einfache Bauern empfangen, ohne einen Unterschied zwischen Serben und Slowaken, Polen und Rumänen zu machen. Ich nahm also die Flasche heraus und teilte mit meinem Nächsten. Er trank aus und deutete auf meine Schachtel Kossuth. Also gab ich ihm auch eine Zigarette. Ein vorübergehender Bürger bedeutete mir mit Handzeichen, daß ich einen Narren vor mir hatte. Ich dachte, daß in der Monarchie auch für Narren Platz war, und füllte erneut seinen Becher. Ich sagte meinem neuen Kollegen, ich sei schon immer für Könige und Kaiser gewesen, in diesen schlimmen Zeiten fehlten sie mir besonders, weil die Demokratie weder ästhetische noch mythologische Bedürfnisse befriedige und der Mensch sich verlassen fühle, wenn er gezwungen sei, im Fernsehen seine aus allgemeinen Wahlen hervorgegangenen Präsidenten zu betrachten. Der Kollege nickte beflissen und hielt mir den Becher hin. Ich füllte ihn und verbreitete mich darüber, daß die Idee der Demokratie einen fundamentalen Widerspruch in sich birgt, weil die wahre Macht von Natur aus nicht immanent sein kann, da sie sonst der gewöhnlichsten Anarchie gleichen würde, allerdings ohne deren anarchistische Annehmlichkeiten. Die Macht muß von außen kommen, erst dann kann man sie lieben und sich gegen sie auflehnen. *Igen* – sagte mein neuer Kollege und nickte. Um uns hatte sich eine kleine Schar gebildet, die unserer Diskussion lauschte. Die Menschen nickten ebenfalls und sagten: *igen, igen* ... Dann schlug mein Kollege vor, wir sollten uns im Armdrücken messen. Zweimal gewann er, zweimal ich. Die Menge schaute zu und feuerte uns an. Als es schon auf den Abend zuging, kamen die Männer auf mich zu, klopften mir auf die Schulter und sagten: *Igen, Franz Josef, Franz Josef, igen* ...

***

Wenn ich es nachts oft satt habe, zu rauchen oder Kaffee zu trinken und heimlich in diversen Winkeln zu stöbern, gehe ich auf die Veranda hinaus. Dort ist Süden. Blöd starre ich in die Finsternis und hoffe, daß mir etwas erscheint, ein historiosophisches oder geopolitisches Satori. In der Theorie weiß ich, daß mein Blick mehr oder weniger genau dem 21. Meridian östlich von Greenwich folgt und irgendwo bei Epitallo am Peloponnes ins Jonische Meer fällt, aber meine Kraft reicht nur bis Zborov in der Slowakei, zehn Kilometer hinter der Grenze. Der Blick saugt sich in die dunkle Landschaft wie Tinte ins Löschpapier, wie Wasser in den Sand, wie die Erinnerung in vergangene Tage, wenn sie nach dem ersten Ereignis sucht. Ich stehe da und lausche, aber von dort dringen nur Stille und feuchter Wind zu mir, der das Tauwetter mitbringt. Ja, das bedeutet es, an der südöstlichen Grenze zu leben, am Rand der Karpaten, gleich neben der Wasserscheide: Nicht einmal in der Dunkelheit, wenn keine Hindernisse zu sehen sind, kann der Blick an Geschwindigkeit zulegen. Statt dem Peloponnesischen Krieg, statt dem Scheideweg der europäischen Zivilisation zwischen Sparta und Athen, sehe ich die Straße Nr. 77 und eine Kreuzung: links nach Svidník, rechts nach Bardejov, und eine große Reklame für Renault-Lieferwagen an der abgekratzten Wand eines Ladens aus der Zeit von Husák.

Wir fuhren damals in die Zips. Die Straße war von schmelzendem Schnee bedeckt. Hinter Becherov steckte ein alter weißer Sierra mit der Schnauze im Graben. Drei Männer befestigten ein Abschleppseil am Haken eines Lastwagens. In der Entfernung, auf einem weißen, sanften Hang des Suchý vrch, scharrte eine Herde Rehe etwas aus dem Schnee. In Zborov herrschte ungewöhnliche Betriebsamkeit. Die Menschen schaufelten Pfade durch die Schneewächten. Einen Tag zuvor war die ganze Šarišská Vrchovina einen halben Meter tief eingeschneit. Gleich hinter der Weggabelung sah ich ein paar Zigeuner. Sie gingen im Gänsemarsch, in wattierte Jakken gehüllt, mit Wollmützen und Ohrenschützern, und jeder trug eine Schaufel über der Schulter. Der Anblick ihrer braunen Gesichter zwischen den Schneewächten ließ an Verlorenheit und Zufälligkeit denken.

Einige Zeit später wurde mir bewußt, daß mein Blick nicht zufällig nachts bis zum Peloponnes schweift. Genau dort hat Europa erstmals seine letzten Nomaden wahrgenommen und sich ihre Existenz eingeprägt. Das war im Jahre 1378 in der Stadt Nauplion. Dorthin waren sie gekommen, und jetzt sehe ich sie auf meinen Reisen, beginnend im Nachbardorf über Vihorlat, die Sathmarer Ebene bis zum Marmarosch-Gebirge. Sie sind überall, denn sie wurden über die Welt verstreut, um uns ständig an die Zufälligkeit unserer Existenz oder an die unerklärliche Ordnung zu erinnern, nach der wir hierhin und dorthin verteilt wurden. Sie sind wie ein Memento eines flüchtigen Zustands, aber ich erinnere mich an ihre Gesichter deutlicher als an die Gesichter seßhafter Menschen. Ich erinnere mich an sie besser, weil sie aus längst vergangenen Zeiten heraufschauen und aus einer Entfernung, von denen der Europäer nicht einmal zu träumen wagt. Daher haben sie immer Angst erweckt, gemischt mit Faszination, jenes *tremendum et fascinans*, mit dem die unerforschliche Vergangenheit und die unvorstellbare Entfernung unserer Abstammung an uns herantreten. In Wahrheit verkörpern sie ein Menschentum, das neben und trotz all dieser Erfindungen existiert, die wir uns ausgedacht haben, um unser Sein zu bewahren. Sie existieren neben Königreichen und Staaten, neben der Politik und Ökonomie, die sie in Frage stellen oder gar Lügen strafen.

Ich erinnere mich an die Gesichter von zwei jungen Burschen in Telkibánya. Dunkelhäutig, schwarzhaarig und mager standen sie an der Schank und wollten etwas vom Barmann. Sie bewegten die Münder, sagten etwas, doch ihre Gesichter blieben unbeweglich. Die ruhige Hartnäckigkeit und Überzeugung machten den Kneipenwirt schließlich wütend. Er begann zu schreien, zu gestikulieren und wies ihnen am Ende die Tür. Ich werde nie erfahren, worum es ging, aber ich kann mich an ihre ruhigen, unbewegten Blicke erinnern, von irgendwo aus dem Abgrund der Zeit, die sie dem Ungarn hinter der Schank zuwarfen. Sie trugen zu große T-Shirts und Shorts und Gummisandalen an den nackten Füßen. Sie gingen wortlos hinaus, leise und rasch, wie schlanke Schatten, der Ungar aber haderte noch eine Weile, jetzt seinen Landsleuten zugewandt, die bei ihren Gläsern Palinka saßen. Vielleicht wollte er sie nicht bedienen, weil sie zu jung waren, vielleicht wollte er ihnen kein Bier auf Kredit geben, oder er wollte sie einfach nicht in seiner Kneipe sehen. Ich weiß es nicht. Jedenfalls war ihre Anwesenheit eine Herausforderung, der er nicht gewachsen war.

Sie tauchen überall auf, wo ich hinfahre. Manchmal glaube ich, daß mein Europa mit Orten bedeckt ist, an denen sie sichtbar werden, wo sie sich noch nicht den Gesetzen der Mimikry oder auch Assimilation, je nachdem, unterworfen haben, so wie auf dem heißen und traurigen Bahnhof von Máteszalka, wo zwischen den Glaswänden Fliegenschwärme kreisten, und das war das einzige Zeichen von Bewegung und

Leben. Und dann kamen sie aus der Tiefe des leeren Platzes von der Stadt her: vier Halbwüchsige, zwischen Kindheit und noch nicht wirklich bewußt gewordener Jugend. Sie kamen mit wiegendem Gang in den überhitzten Warteraum, ohne für einen Moment ihre laute Unterhaltung, ihr gegenseitiges Herumschubsen und Necken zu unterbrechen. Sie setzten sich einmal hierhin, dann dorthin, wanderten von Bank zu Bank, von Ecke zu Ecke, unruhig wie ein Schwarm bunter Vögel. Goldketten, bunte Hemden, glänzende Klammern an Schuhen und Gürteln, das Blitzen billiger Uhren, Flitter und Aufsässigkeit, Sathmarer Gangsta und unablässige Bewegung, als stünden sie auf einer Bühne, doch gleichzeitig waren sie ausschließlich mit sich selber beschäftigt und hatten keinen Blick für ihre Umgebung. Im Warteraum saßen ein paar Personen. Männer mit Taschen warteten auf den Zug nach Záhony, um in dem Grenzstädtchen etwas einzukaufen und zu verkaufen. Einer trank beim Buffet ein Bier. Eine ältere Frau schob ihr Gepäck näher zu sich. Alle Reisenden waren in Bewegungslosigkeit versunken, in schwerer Solidität, und machten den Eindruck, als hätten sie trotz des Aufbruchs ihre Häuser nicht verlassen, als reisten ihre Zimmer und Einrichtungsgegenstände mit ihnen und hätten nur dem Anschein nach das Aussehen eines Warteraums, Bahnhofs oder unbequemer Eisenbahnbänke angenommen. Die soliden, gut genährten Händler blickten von Zeit zu Zeit zu den Jungen hinüber, und es war ihnen anzusehen, daß deren Anwesenheit eine Beleidigung für ihre vorsorgliche, verantwortungsvolle Existenz darstellte. Sie sahen aus wie Familienväter, wie Bürger, wie eine schweigende Mehrheit. Raum war für sie Besitz, den sie sich verdient hatten, während ihn diese einfach beanspruchten, ohne sich um eigene Verdienste oder fremde Angelegenheiten zu scheren.

Ja. Ich war für die Zigeuner. Ich ergriff für sie Partei. Sie lebten außerhalb der Geschichte, in der reinen Zeit, im reinen Raum. Wenn sie an Ereignissen teilnahmen, dann im allgemeinen an fremden. Sie kannten keine Landkarten, sie durchwanderten die ganze Welt und zeigten sich nie erstaunt, nie entdeckte ich in ihren Gesichtern jene höfliche Tölpelhaftigkeit japanischer Touristen.

Kurz vor Mitternacht sah ich in einer Unterführung beim Keleti-Bahnhof ein schlafendes Paar. Sie hatten eine breite Schaumgummimatratze ausgelegt und eine Decke über sich gebreitet, aus der schwarze Schöpfe lugten. Bei ihm am Kopfende lagen, ordentlich gefaltet, eine schwarze Jacke und ein schwarzer Hut. Bei ihr ein buntes Tuch, ebenso ordentlich gefaltet. Ihr armseliges Lager sah aus wie ein Zauberteppich. Sie schliefen und erhoben sich über Budapest und die Welt. Ihre Erzählung aus Tausendundeiner Nacht war gewiß bitter und grausam, doch ich glaube nicht, daß sie den Wunsch verspürten, sie gegen eine andere einzutauschen. So wie wir, wenn wir spüren, daß unsere eigene Geschichte uns verrät, und wir lamentieren, daß jemand anderer, fremder, sich vom Kuchen der Ereignisse ein schöneres und größeres Stück abgeschnitten hat. Sie konnten sich nur Gedanken machen über ihren Weg durch den Raum, konnten ihre Route erforschen und sich darüber in die Haare geraten, ob sie besser hierhin oder dorthin fahren sollten, aber am Ende war auch das sinnlos, weil sie schließlich schon überall waren.

Dort, in Budapest, regnete es damals. Die Stadt versuchte zu feiern und sich zu unterhalten, denn es war der Tag des Heiligen Stefan. Doch alles wurde durchnäßt. Sogar das Feuerwerk über dem Gellért-Berg explodierte mit feuchtem Zischen. Die Verlassenheit kroch einem wie kalter Regen in die Knochen. Es gibt nichts Fremderes als eine fremde Nation an ihrem Nationalfeiertag. Alles erinnerte an einen sanften Krieg, in dem keiner umkommt, doch sein Ziel bleibt trotzdem unerforschlich. Die beiden schliefen tief und fest, während im schwarzen, feuchten Himmel Raketen explodierten und flüchtige, farbige Muster in die Dunkelheit zeichneten. Sie kümmerten sich um den Heiligen Stefan ebensowenig wie um den Heiligen Albert oder den Heiligen Vladimir. Sie tauchten von verschiedenen Seiten auf und fanden immer schon fertige Feiertage vor, die sie bei ihrem Weggehen ohne Bedauern hinter sich lassen konnten. Sie waren ein Beweis dafür, daß Dauer nicht unbedingt Expansion bedeuten muß und daß sich vermenschlichte Zeit nicht notwendig in Geschichte verwandelt.

Natürlich ist das eine Utopie. Ich suche einfach nach einem Durchlaß auf die andere Seite des Bildes, auf die andere Seite der zerfallenen Orte im regelmäßigen Geflecht von Landschaften und Reisen. Das ist eine mitteleuropäische Krankheit, die Taktik des Mißtrauens gegenüber der Wirklichkeit.

***

Paris war graublau. London leicht grünlich, Madrid braun mit einem Stich ins Olivfarbene. Wien vermutlich rot, übergehend in Rosa. Berlin ganz sicher graubraun. In der Kindheit haben nicht nur Vokale ihre eigene Farbe. Alle Dinge, vor allem diejenigen, die man nie zu Gesicht bekommt, schimmern geheimnisvoll. Manche besitzen sogar ihre eigenen Formen. Im allgemeinen abstrakte, aber immer ein wenig durchsichtige. Sie erinnern an Milchglas. Ich kann diese seltsamen linguistisch-optischen Assoziationen nicht erklären, aber sie sind so fest in meinem Denken verankert, daß mein ursprüngliches Bild von der europäischen Geographie einem zertrümmerten Glasfenster gleicht.

Paris, London, Madrid... Ich glaubte an die Realität dieser Orte, so wie man an die Realität von Phantasieprodukten glaubt. Die Geographielehrerin überzeugte uns von ihrer Existenz, aber damals schenkte man den Lehrern keinen Glauben – jedenfalls nicht bedingungslos: So erzählte sie uns zum Beispiel von Moskau als der Hauptstadt des Lichts, wo faktisch alle menschlichen Träume verwirklicht wurden.

Ach, diese GUM-Kaufhäuser, diese Metro, die Lomonossow-Universität, der Kreml, die Zaren-Puschki, Glocken so groß wie ein Zeitungskiosk, die am Boden liegen mußten, weil man sie nirgends aufhängen konnte, ach, diese Straßen, deren Bilder man uns zeigte – einen Kilometer breit, mit zwei Autos am fernen Horizont... alles war höchst bewundernswert. Und trotzdem verspürten wir beim Betrachten der großen Wandkarte eine Unruhe: Warum liegt die Stadt aus Tausendundeiner Nacht in diesem entlegenen Winkel? Warum steckt sie in diesem uferlosen Grün der Ebenen wie in einem tiefen Kartoffelacker?

Die frühen siebziger Jahre... Ja, damals setzte die wahre Freiheit des Reisens ein. Vater brachte mich zum Autobusbahnhof beim Stadion, setzte mich in den Bus, und ich fuhr geradewegs nach Osten, zu den Großeltern, in ein Dorf in Podlasie, auf einem hohen Ufer über dem Bug gelegen. Weiter östlich war Rußland mit seinem magischen Moskauer Zentrum. Daran erinnere ich mich genau, denn die wichtigste Kriegserinnerung meines Onkels aus jener Gegend war die Erzählung, wie Partisanen von Kowpak ihm ein Pferdefuhrwerk weggenommen hatten. Beim Autobusbahnhof Stadion kaufte Vater eine Fahrkarte für neunundvierzig Złoty, und ich nahm im blauen Jelcz Platz. Mińsk Mazowiecki, Kałuszyn, mit Aufenthalt für eine Zigarettenpause, Grębków, wo aus unerfindlichen Gründen eine Schar Frauen in Kopftüchern mit leeren Körben ausstieg, Liw und die Reste einer Burg auf der Naßwiese über dem Fluß, Węgrów, Sokołów Podlaski mit den ebenerdigen Gebäuden und den Häusern mit Verschalungen in zwei Ölfarben: braun und dunkelgrün. Das Vaterland wurde zunehmend ebenerdig, duckte sich wie eine Maus unter den Besen, bis wir schließlich den Fluß erreichten, an dem sich seit Jahrhunderten nichts verändert hatte. Die Welt wurde immer flacher, hölzerner und aus Stroh. Ich stand mit den Dorfjungen am Ufer, und sie zeigten mit dem Finger: Dort ist Rußland. Die Landschaft schmiegte sich an den Boden und versprach keine Veränderungen. In irgendeinem Jahr brach die Ölleitung »Freundschaft«. Die Ufer des Flusses waren schwarz, verbrannt und tot wie in einem Film über das Ende der Zivilisation. Der Sand stank, doch wir gingen trotzdem ins Wasser. Die dunklen, öligen Stauwasser entlang der Ufer hoben sich deutlich vom sauberen Hauptstrom mit den Sandbänken in der Mitte ab. Die Dorfjungen erzählten, wie im Frühjahr die Weiden an den Flußrändern orangerot gebrannt hatten. Ach, wie leid es mir tat, daß ich nicht dabeigewesen war. Achthundert Kilometer weiter östlich war Moskau. Ich versuchte mir vorzustellen, daß sich die Landschaft über dem Bug erhob, sich aufwölbte und über Brest, Minsk und Smolensk gleichsam in die Vertikale überging. Leider brachte die Vorstellungskraft das nicht zustande. Ständig hämmerte wie ein Refrain die Frage im Kopf des zwölfjährigen Jungen: Warum zum Teufel brauchten sie in Moskau Fuhrwerk und Pferd meines Onkels? Wozu das Zaumzeug? Etwa um die abgründigen Photographien der Moskauer Prachtstraßen damit zu beleben?

Ja, wir sollten besser auf unserem Hintern sitzen bleiben. Keine Freiheit des Reisens, keine Exkursionen mit einem Jelcz nach Osten oder mit dem Zug nach Siedlce. Schon der Stadtteil Praga in Warschau sollte Sperrzone, verbotenes Gebiet sein. Landeskunde und theoretische Geographie vermischten sich bei uns wie Wasserstoff und Sauerstoff und warteten nur auf einen zufälligen Funken. Aber das Denken hat immer schon das eigene Fortbestehen über die Logik gestellt. Statt die Lüge völlig zu durchschauen, wählte ich die Fiktion, eine Art Spiel, das es mir erlaubte, jeder Erzählung von drüben zuzustimmen, weil die drüben gar nicht existierten. Die Russischlehrerin diktierte uns Grüße für ferne Kollegen, sie diktierte uns auch die Adressen ferner Freunde, aber es trafen nie Antworten ein. Oder vielleicht doch? Wenn ja, dann waren wir felsenfest überzeugt, daß sie in der großen

Pause im Lehrerzimmer entstanden waren. Dieses Land kümmerte uns nicht. Die Hypertrophie verurteilte es zur Nicht-Existenz. In der Kindheit erkennt man Langeweile und Leere daran, daß sie nicht auf die Phantasie einwirken. Manchmal sah man in der Warschauer Innenstadt Leute von drüben. Sie bewegten sich in Gruppen, alle in den gleichen graubraunen Mänteln und Pelzmützen. Für das kindliche Denken hatten sie nichts Geheimnisvolles oder Anziehendes an sich. Sie sahen aus wie die verkörperte Gewöhnlichkeit. Sie kauften Kristallglas und Parfums, setzten sich in ihre Züge und fuhren ab, und ihre Anwesenheit oder Abwesenheit beschäftigte für keinen Moment unser Denken. Natürlich ist die Jugend grausam, weil sie nach Äußerlichkeiten beurteilt, aber auch auf ihre Art gerecht, weil sie Dingen keine Beachtung schenkt, die sie nicht zu fesseln vermögen. Ach ja, im Gegensatz zu anderen Städten hatte Moskau keine eigene Farbe. Es sei denn, sie wäre völlig durchsichtig gewesen.

Vom Westen Europas hingegen erzählte uns keiner etwas. Bei dieser Reise waren wir ganz auf uns selbst gestellt. Aus Bruchstücken, Schnitzeln, Fragmenten, Vermutungen, Verdrehungen und Vorurteilen bauten wir Staaten und Städte wie aus mentalen Legosteinen. Die einzelnen Elemente fügten sich ideal ineinander, weil sie durch die Phantasie zusammengeschweißt wurden. Briefmarken, Comics, Autokataloge, Filme mit Louis de Funès, Kaugummi mit kleinen Bildgeschichten, Schallplattenhüllen, Folder, Zigarettenschachteln, Wrangler, Lee, Rifle wirbelten vor unseren Augen wie Bilder einer postindustriellen Biblia pauperum. Dreck, Tand, Abfälle schufen eine virtuelle, übernatürliche Wirklichkeit. Ihre Farben und Gewalt waren so kräftig, daß sie irreal wirkten. Die Flamme unserer Vorstellung vernichtete Paris, London und den ganzen Rest wie mit Feuer und ließ nur den nackten Boden zurück. Gut möglich, daß es mich aus diesem Grund nie besonders in diese Richtung gezogen hat. Meine Vorstellung hatte sie schon zur Gänze ausgeschöpft, ausgeplündert wie ein barbarischer Überfall, und jetzt hatte ich für diese zerstörte Landschaft keine Verwendung mehr. Viel besser als Wunder sind die Erzählungen davon. Das verstanden auch die Heiligen früher Zeiten, die irgendwann ihre Wundertätigkeit aufgaben und zuließen, daß unsere Erinnerung den Rest besorgt.

Die Züge nach Paris fuhren damals vom Danziger Bahnhof ab. Von dort kursierten auch die Vorortzüge nach Nasielsk, in Richtung jener unsäglich traurigen masowischen Ebene, wo im Nebel reglose Kühe und verästelte Weiden durchnäßt wurden. Die Reisenden, die auf den Zug nach Paris warteten, sahen aus, als hätten sie die Orientierung verloren. In der Menge der Arbeiter, die noch mit einem Fuß im Dorf standen, der Kleinstädter, der proletarischen Ankommenden und Abfahrenden in ihren Staubmänteln und soliden Reisetaschen sahen sie aus wie die Opfer einer Revolution. Die siebziger Jahre... In den Bahnhofsgaststätten wurde noch Bier ausgeschenkt, und alle rauchten, wo sie wollten, und warfen die Kippen einfach auf den Boden. Die Reisenden nach Westeuropa standen immer auf dem Perron. Eine Stunde, zwei, als hätten sie Angst, den Zug zu versäumen oder keinen Platz zu finden, obwohl sie nie viele waren. 1973 stieg hier angeblich David Bowie in den Zug, und die Atmosphäre des Bahnhofs beeindruckte ihn so sehr, daß er »Warsaw« schrieb. Der Danziger Bahnhof war unwirklich. Sollte so der Beginn des Westens aussehen? Der Geruch von sauer gewordenem Bier, dunklem Tabak, ungewaschenen, müden Leibern und Kohlenrauch lag über der Halle und den Perrons. Auf der Anzeigetafel der Abfahrten stand Chotomów neben Paris, wie in einem Rezept zur Herstellung schwarzer Ironie. Aus Żeran kam die Tramway Nummer 12 und brachte die Arbeiterklasse. Auf den internationalen Schlafwagen und Speisewagen prangten große, verblaßte Aufschriften: »Mitropa«. Für die Ohren eines Zwölfjährigen klang das geheimnisvoll, etwas langweilig und völlig unverständlich. *Mitteleuropa* fiel auf keinen Fall mit meinem Zentraleuropa zusammen, weil es nur ein Abgesandter des hyperrealen Westens war. Vielleicht ein wenig verstaubt und verbraucht, aber das mochte an der Luft und am Raum liegen, der sich zwischen Bug und Elbe erstreckte. Schon bei Helmstedt gewannen die Mitropa-Waggons ihren ursprünglichen Glanz zurück. Sie begannen zu glänzen, erleuchtet vom inneren Glanz von Metall, Glas und Kunststoff, um irgendwo in Braunschweig in den flimmernden Nebel zu tauchen, den die Europäische Wirtschaftsunion, das Nordatlantische Bündnis, tausend Jahre Kultur und Zivilisation, Louis de Funès und geschmuggelte Perlonmäntel verbreiteten.

Mitteleuropäer zu sein bedeutet: Zwischen dem Osten, der nie existierte, und dem Westen, der allzusehr existierte, zu leben. Das bedeutet, »in der Mitte« zu leben, wenn diese Mitte eigentlich das einzige reale Land ist. Nur daß dieses Land nicht fest ist. Es gleicht eher einer Insel, vielleicht sogar einer schwimmenden. Ja, vielleicht sogar einem Schiff, das den Strömungen und Winden East-West und retour ausgesetzt ist. Die Richtungen der Welt grenzen, wie die Elemente, an die Symbole, die Allegorien, das fatale Konkrete. Auf dieser Insel oder auf diesem Schiff zu leben bedeutet, unablässig dem Wechsel des Wetters zuzusehen, die Insel von einem Ufer zum anderen abzuschreiten oder von einer Seite des Schiffes zur anderen zu gehen. Und wie bei einer Seereise nur an das Jetzt und an die Zukunft zu denken, weil uns die Vergangenheit nur rationale Warnungen von der Art »Wir wären besser zu Hause geblieben« liefert.

Aber das Haus schwimmt zusammen mit uns. Am deutlichsten spüre ich das nachts. Ich spüre, wie die Finsternis über die Namen fällt, die ich am Tag genannt habe, und sie verschlingt, und wie sie jetzt nur mehr als Zeichen der Phantasie und der Flucht existieren.

Wieder baute sich über Galizien (pardon, dem östlichen Kleinpolen) ein Tief auf. Wasser und Wind tosen in der Dunkelheit. Manchmal schaut der Mond hinter den Wolken hervor, und dann sieht man, wie sich die Karte des schmelzenden Schnees von einer Stunde auf die andere verändert. Das Tauwetter schafft eine Kartographie im Maßstab eins zu eins. Es zeichnet und löscht gnadenlos aus, denn die Kombinationen der Aura und Topographie sind unerschöpflich. Ich lausche, wie das gelbe Wasser von den Bergen schießt, und ich weiß, daß die Flüsse steigen. Ich stelle mir all diese Orte vor, all diese Ufer und Brücken, von denen aus ich in gedankenloser Bewunderung die Perspektive der Flüsse betrachtete, wohl wissend, daß sie seit Jahrhunderten denselben Weg nehmen, ständig aus ihren Quellen schöpfend und zu ihren Mündungen strömend.

Nach einem menschlichen Schritt bleiben immer Spuren zurück, und daher fahren wir immer weiter und weiter auf der Suche nach jungfräulichen Ländern. Ich stellte mir oft die Frage, ob auch Blicke die Flüsse und Landschaften irgendwie benennen? Was geschieht eigentlich mit der Welt, wenn sie allein gelassen wird? Zerfällt sie dann langsamer oder schneller, oder lauert ihre Erosion in unserer Gegenwart für einen Moment, wird stiller und wartet, bis wir uns umwenden, um sich wieder ihrer ursprünglichen Beschäftigung zuzuwenden? Aus diesem Grund ziehen mich weder ferne noch alte Länder an. Mein Denken wird dort verschüttet, weil es auf etwas Fertiges trifft. In meinem Europa gibt es eine seltsame Symbiose von Niedergang und Wachstum, und man weiß nie, worauf man trifft, welche dieser Tendenzen in der Landschaft die Oberhand behält, bevor der Firnis des Nichts alles zudeckt.

Nová Kelča liegt am See Vel'ká Domaša. Eigentlich ist das gar kein See, sondern ein Stausee am Fluß Ondava. Direkt am Ufer steht eine Kirche. Die Straße führt oben vorbei, und man gelangt über Stufen zur Kirche. Es hat den Anschein, als befinde sie sich unterhalb des Wasserspiegels, weil ein hoher Erdwall sie vom See abgrenzt. Ich war dort im Herbst. Die Sonne gleißte, und ringsum herrschte eine urtümliche Stille, wie man sie an Orten hören kann, an denen lang niemand gewesen ist. Die einsame Kirche steckte innerhalb der Erdumwallung, die an die heidnische Urgeschichte denken ließ. Als ich näher kam, sah ich, daß sich der Putz von den Mauern der Kirche löste. Das Hochwasser mußte bis zu den schmalen Fenstern gereicht haben, die sich in etwa drei Meter Höhe befanden. Ich ging um das Gebäude herum. Die Spur des Wassers war deutlich und regelmäßig. Ich fand eine Marmortafel mit einer ungarischen Inschrift und einem Datum aus dem achtzehnten Jahrhundert. Das Wasser war oben über den Wall geflossen, der nirgends beschädigt war. Und es waren auch keine Spuren von Ausbesserungen zu sehen.

Durch einen Spalt in der geschlossenen Tür lugte ich ins Innere. Das Mobiliar, die Bänke und Betstühle, waren dort liegengeblieben, wohin das Wasser sie getragen hatte. Offenbar hatte niemand versucht aufzuräumen. Alles war so geblieben, als erwarte man eine neue Flut, die die zuvor durcheinandergebrachte Ordnung wiederherstellen würde. Ich überlegte, wie lang dieser Zustand des ruhigen Zerfalls wohl schon dauerte. Sicher seit einem Frühjahr, denn immer im Frühjahr sprach mein Radio über Hochwasser in der östlichen Slowakei. Aber eigentlich hatte das keine Bedeutung. Die Kirche sah aus, als wäre sie ans Ufer geworfen worden. Sie erinnerte an ein Schiff, das endlich Ruhe gefunden hatte. In ihren Mauern hatten sich, wie archäologische Sedimente, durch Jahrhunderte ungarische, lateinische, slowakische und deutsche Lieder, Psalmen und Gebetsworte abgelagert, im Gewölbe hatte sich die Zeit kristallisiert, und den Raum hatten Tausende von Stunden, aus der Existenz von Frauen und Männern gerissen, durchtränkt. Das alles sollte sich zu einer Vorstellung von der Ewigkeit fügen. Doch dann war das große Wasser gekommen und hatte diese halb materiellen, halb unfaßbaren Zeichen weggespült, so wie man Salz wegspült. Und die Dinge hatten wieder ihre ursprüngliche Form angenommen: Holz, Stein und Fäulnis.

Ich kletterte auf den Wall und versuchte mir, während ich von oben auf die Kirche schaute, all die Legenden von überfluteten oder in der Erde versunkenen Kirchen ins Gedächtnis zu rufen. Es kam mir keine konkrete in den Sinn, aber ich war sicher, daß sie in Wahrheit die Geschichte einer chtonischen Erlösung oder pantheistischen Unsterblichkeit erzählten.

Der Himmel über dem See lag flach da wie ein Spiegel, und nur die Erhebungen am anderen Ufer bewirkten, daß Luft und Wasser nicht ineinander verschmolzen. Ich stellte mir vor, wie das Blau des Wassers anstieg, bis zur Umwallung kroch und auf den Grund des Erdkreises floß. Die Feuchtigkeit breitet sich im Gras aus, sickert durch den Sand und steigt langsam die Mauern hinauf. Im Inneren sind Menschen. Sie versuchen nicht zu fliehen, sondern warten geduldig, bis sich der durchsichtige Raum über ihnen schließt. Sie beten und singen, weil sie gewiß sind, daß es keine Rettung geben kann, so wie es keinen endgültigen Tod geben kann. Zweifel zur Hälfte vermischt mit Glauben erlauben ihnen bis ans Ende dieser seltsamen Messe auszuharren, die sie nichts näher bringt, aber auch von nichts entfernt. Ach, ich verspürte am See Vel'ká Domaša die mitteleuropäische Einsamkeit. Ich spürte, wie in meinem Blut ein Destillat aus östlicher Resignation und westlichem Skeptizismus pulsierte. *Contemplatio* umfaßte eine meiner Schultern, und *ratio* die andere, als wollte mich jede für sich überreden, mit ihr eine nette Stunde zu verbringen. Ich aber verspürte nur Einsamkeit, und in meinem Kopf, in der Dunkelheit des Schädels, schimmerten die seltsamen Bilder von ertrunkenen und begrabenen Kirchen. Der Ton der Glocken breitete sich im Inneren der Seen und unter der Erdkruste aus.

Ich fahre immer über Konieczna ins Ausland und kehre wieder zurück, und da ist wirklich nomen omen, weil *koniec* das Ende bedeutet. Ich ziehe Kreise, schlage Haken und irre herum wie Schwejk auf dem Weg nach Budweis und kann mich, so wie er, nicht an die Gerade halten, kann nicht dem linearen Pfad folgen, den die fromme Geschichte erzählt. Ständig treibt es mich ab, hält etwas meinen Blick fest und quält mich eine obsessive Vision, in der sich das Kartennetz ideal mit der Netzhaut des Auges deckt. Wenn da nicht die Unbedingtheit meines Konieczna wäre, würde ich vielleicht irgendwo im Süden, in Szabolcs-Szatmár oder in Transkarpatien untertauchen und versuchen, irgendeinen glaubhaften Vorwand für meine dortige Anwesenheit zu erfinden. Schließlich besteht das ganze Leben darin, irgendwelche Vorwände zu finden, die es einem gestatten, in der Zeit oder im Raum zu existieren.

Ja, aber ich habe nun einmal dieses Konieczna, meinen Checkpoint »Charlie«, aus dem luftigen Raum des Dujawa- oder Beskid-Passes gehöhlt (hier unterscheiden sich Karten und mündliche Traditionen hinsichtlich des Grades der toponomastischen Phantasie), ich habe meine Grenze, um eine Transgression zu begehen, und das ist in Ordnung und gerade recht für Zeiten, in denen man das Sein an der Bewegung erkennt, an der Verlagerung, an der Kinetik, daran, daß wir, wenn wir uns von Punkt A aufmachen, nicht unbedingt zu Punkt B gelangen müssen – ja, wir müssen nirgends hinkommen, es genügt, daß wir einen Kreis vollführen. Ich will nicht ausschließen, daß dieses Im-Kreis-Gehen eine ungeschickte Huldigung ist, die wir der idealisierten Geographie darbringen. Denn von allen Dingen, die uns überragen, erträgt sie uns am längsten und mit einer Geduld, die vielleicht nicht überirdisch ist, aber ganz sicher selbstlos.

Andrzej Stasiuk im Suhrkamp Verlag

Das Flugzeug aus Karton. Übersetzt von Renate Schmidgall. 232 Seiten. Gebunden

Galizische Geschichten. Übersetzt von Renate Schmidgall. 136 Seiten. Gebunden

Die Mauern von Hebron. Übersetzt von Olaf Kühl. es 2302. 160 Seiten

Neun. Roman. Übersetzt von Renate Schmidgall. Gebunden und st 3563. 298 Seiten

Die Welt hinter Dukla. Übersetzt von Olaf Kühl. Gebunden und st 3391. 175 Seiten

Über den Fluß. Erzählungen. Übersetzt von Renate Schmidgall. es 2390. 200 Seiten

Wie ich Schriftsteller wurde. Versuch einer intellektuellen Autobiographie. Übersetzt von Olaf Kühl. es 2236. 144 Seiten

Juri Andruchowytsch/Andrzej Stasiuk. Mein Europa. Übersetzt von Sofia Onufriv und Martin Pollack. es 2370. 160 Seiten

NF 513/1/3.04

Osteuropäische Literatur in der edition suhrkamp Eine Auswahl

Juri Andruchowytsch. Das letzte Territorium. Essays. Aus dem Ukrainischen von Alois Woldan. es 2446. 150 Seiten

Zsófia Balla. Schönes, trauriges Land. Gedichte. Ausgewählt und aus dem Ungarischen von Hans-Henning Paetzke. es 2085. 106 Seiten

Bora Ćosić. Die Zollerklärung. Aus dem Serbischen von Katharina Wolf-Grießhaber. es 2213. 153 Seiten

György Dalos. Ungarn – Vom Roten Stern zur Stephanskrone. Aus dem Ungarischen von György Dalos und Elsbeth Zylla. es 2017. 252 Seiten

László Darvasi. Eine Frau besorgen. Kriegsgeschichten. Aus dem Ungarischen von Heinrich Eisterer, Terézia Mora und Agnes Relle. es 2448. 184 Seiten

Karl Dedecius. Poetik der Polen. Frankfurter Vorlesungen. es 1690. 135 Seiten

Mircea Dinescu. Exil im Pfefferkorn. Gedichte. Ausgewählt, aus dem Rumänischen und mit einem Nachwort versehen von Werner Söllner. es 1589. 115 Seiten

István Eörsi. Der rätselhafte Charme der Freiheit. Versuche über das Neinsagen. Aus dem Ungarischen von Anna Gara-Bak, Péter Máté, Gregor Mayer, Angela Plöger und Hans Skirecki. es 2271. 198 Seiten

NF 349/1/3.04

Bohumil Hrabal. Die Bafler. Erzählungen. Ausgewählt und aus dem Tschechischen von Franz Peter Künzel. es 180. 128 Seiten

Oleg Jurjew. Spaziergänge unter dem Hohlmond. Kleiner kaleidoskopischer Roman. Aus dem Russischen von Birgit Veit. es 2240. 134 Seiten

Imre Kertész
- »Heureka!« Rede zum Nobelpreis für Literatur 2002. Aus dem Ungarischen von Kristin Schwamm. Bearbeitung Ingrid Krüger. es. 32 Seiten
- Schritt für Schritt. Drehbuch zum »Roman eines Schicksallosen«. Aus dem Ungarischen von Erich Berger. es 2292. 184 Seiten

Hanna Krall. Schneller als der liebe Gott. Mit einem Vorwort von Willy Brandt. Aus dem Polnischen von Klaus Staemmler. es 1023. 152 Seiten

Ryszard Krynicki. Wunde der Wahrheit. Gedichte. Herausgegeben, aus dem Polnischen übertragen und mit einem Nachwort versehen von Karl Dedecius. es 1664. 136 Seiten

Endre Kukorelly. Die Rede und die Regel. Erzählungen. Aus dem Ungarischen von Hans Skirecki. es 2128. 173 Seiten.

Stanisław Lem. Dialoge. Aus dem Polnischen von Jens Reuter. Mit einem Nachwort des Autors. es 1013. 319 Seiten

Ilma Rakusa
- Love after Love. Acht Abgesänge. es 2251. 58 Seiten
- Von Ketzern und Klassikern. Streifzüge durch die russische Literatur. es 2325. 236 Seiten

NF 349/2/3.04

Andrzej Stasiuk

- Die Mauern von Hebron. Aus dem Polnischen von Olaf Kühl. es 2302. 160 Seiten
- Über den Fluß. Erzählungen. Aus dem Polnischen von Renate Schmidgall. es 2390. 200 Seiten.
- Wie ich Schriftsteller wurde. Versuch einer intellektuellen Autobiographie. Aus dem Polnischen von Olaf Kühl. es 2236. 144 Seiten

Dubravka Ugrešić

- Die Kultur der Lüge. Aus dem Serbokroatischen von Barbara Antkowiak. es 1963. 303 Seiten
- My American Fictionary. Aus dem Serbokroatischen von Barbara Antkowiak. es 1895. 224 Seiten

NF 349/3/3.04

»Europa« in der edition suhrkamp Eine Auswahl

Juri Andruchowytsch/Andrzej Stasiuk. Mein Europa. Übersetzt von Sofia Onufriv und Martin Pollack. es 2370. 160 Seiten

Die europäische Stadt. Herausgegeben von Walter Siebel. es 2323. 480 Seiten

Fluchtpunkt Europa. Migration und Multikultur. Herausgegeben von Martina Fischer. Mit Tabellen und Graphiken. es 2062. 248 Seiten

György Konrád. Antipolitik. Mitteleuropäische Meditationen. Übersetzt von Hans-Henning Paetzke. es 1293. 224 Seiten

Lateinamerikaner über Europa. Herausgegeben von Curt Meyer-Clason. es 1428. 248 Seiten

Thomas Meyer. Die Identität Europas. es 2355. 240 Seiten

Cees Nooteboom. Wie wird man Europäer? Übersetzt von Helga van Beuningen. es 1869. 92 Seiten

Die Türkei und Europa. Die Positionen. Herausgegeben von Claus Leggewie. es 2354. 300 Seiten

NF 348/1/3.04

Polnische Bibliothek im Suhrkamp Verlag
Eine Auswahl

Epochen

Die Dichter Polens. Hundert Autoren vom Mittelalter bis heute. Ein Brevier von Karl Dedecius. Mit Porträtzeichnungen von Eryk Lipiński. st 2588 und Leinen. 240 Seiten

Polnisches Mittelalter. Ein literarisches Lesebuch von Antonia Jelicz. Übersetzt von Christiane Reitz und Joseph Bujnoch. Mit Nachdichtungen von Karl Dedecius. Übersetzt und nachgedichtet von Hans-Peter Hoelscher-Obermaier. 393 Seiten. Leinen

Polnische Renaissance. Ein literarisches Lesebuch von Wacłcaw Walecki. Übersetzt und nachgedichtet von Hans-Peter Hoelscher-Obermaier. 344 Seiten. Leinen.

Polnische Aufklärung. Ein literarisches Lesebuch von Zdzisław Libera. Übersetzt von Jh. Bernouilli, Karl Dedecius, Gerhard Dyrska, Bettina Eberspächer, Jochen Halbey, Hans-Peter Hoelscher-Obermaier, Olaf Kühl, J. R. Migula, Walter Schamschula, Peter Steger, Alois Woldan und Berit Woortmann. 435 Seiten. Leinen

Polnische Romantik. Ein literarisches Lesebuch von Hans-Peter Hoelscher-Obermaier. Vorwort von Maria Janion. 394 Seiten. Leinen

Polnischer Realismus. Ein literarisches Lesebuch von Henryk Markiewicz. 376 Seiten. Leinen

NF 256/1/9.00

Romane

Jerzy Andrzejewski. Asche und Diamant. Erstfassung. Übersetzt von Henryk Bereska. Nachwort von Andreas Lawaty. 404 Seiten. Leinen

Leon Kruczkowski. Rebell und Bauer. Übersetzt von Karl Dedecius. Nachworte von Karl Dedecius und Gotthold Rhode. 333 Seiten. Leinen

Andrzej Kuśniewicz. Tierkreiszeichen. Übersetzt von Renate Schmidgall. Nachwort von Hans-Peter Hoelscher-Obermaier. 325 Seiten. Leinen

Zofia Nałkowska. Die Ungeduldigen. Übersetzt von Ursula Kiermeier. Nachwort von Włodzimierz Bolecki. 294 Seiten. Leinen

Teodor Parnicki. Aetius, der letzte Römer. Übersetzt von Friedrich Griese. Nachwort von Małgorzata Czermińska. 468 Seiten. Leinen

Jarosław Marek Rymkiewicz. Polnische Gespräche im Sommer 1983. Übersetzt von Esther Kinsky. Nachwort von Włodzimierz Bolecki. 256 Seiten. Leinen

Władysław Terlecki. Die zwei Köpfe des Adlers. Übersetzt von Monika Wrzosek-Müller. Nachwort von Michael G. Müller. 276 Seiten. Leinen

Stefan Żeromski. Vorfrühling. Übersetzt von Kurt Harrer und Eckhard Thiele. Nachwort von Heinrich Olschowsky. 378 Seiten. Leinen

NF 256/2/9.00

Erzählungen

Hoffnung der Besiegten. Erzählungen des polnischen Realismus. Herausgegeben von Witold Kośny. Übersetzt von Karl Dedecius, Friedrich Griese, Witold Kośny, Olaf Kühl und Danka Spranger. 308 Seiten. Leinen

Jarosław Iwaszkiewicz. Die Fräulein von Wilko. Drei Novellen. Übersetzt von Klaus Staemmler. 335 Seiten. Leinen

Bruno Schulz. Die Mannequins und andere Erzählungen. Herausgegeben von Jerzy Jarzębski. Übersetzt von Josef Hahn. 331 Seiten. Leinen

Julian Stryjkowski. Asrils Traum. An den Weiden ... unsere Harfen. Zwei Erzählungen. Übersetzt von Karin Wolff. Nachwort von Ewa Kobylińska. 302 Seiten. Leinen

Jan Józef Szczepański. Japanische Blumen. Erzählungen und Betrachtungen. Herausgegeben und Nachwort von Andrzej Sulikowski. Übersetzt von Klaus Staemmler, Kurt Kelm, Karl Dedecius und Karol Sauerland. 330 Seiten. Leinen

Dichtung

Deutsche Gedichte über Polen. Herausgegeben von Elfi Hartenstein. 289 Seiten. Leinen

Czesław Miłosz. Gedichte 1933–1981. Übersetzt von Karl Dedecius und Jeannine Łuczak-Wild. Nachwort von Aleksander Fiut. 232 Seiten. Leinen

NF 256/3/9.00

Adam Mickiewicz. Dichtung und Prosa. Ein Lesebuch von Karl Dedecius. 364 Seiten. Leinen

Julian Przybós. Poesie und Poetik. Herausgegeben und übersetzt von Karl Dedecius. 284 Seiten. Leinen

Tadeusz Różewicz. Gedichte. Stücke. Herausgegeben von Karl Dedecius. Die Stücke übersetzte Ilka Boll, die Gedichte Karl Dedecius. 318 Seiten. Leinen

Juliusz Słowacki. Beniowski. Eine Versdichtung. Herausgegeben und übersetzt von Hans-Peter Hoelscher-Obermaier. 216 Seiten. Leinen

Wisława Szymborska. Hundert Freuden. Gedichte. Herausgegeben und übersetzt von Karl Dedecius. Vorwort von Elisabeth Borchers und Nachwort von Jerzy Kwiatkowski 223 Seiten. Leinen / st 2589. 230 Seiten

Kultur und Gesellschaft

Bedenke, bevor du denkst. 2222 Aphorismen, Sentenzen und Gedankensplitter der letzten hundert Jahre. Mit zeitgenössischen Illustrationen. Herausgegeben und übersetzt von Karl Dedecius. 321 Seiten. Leinen / st 2420. 320 Seiten

Der Monarch und der Dichter. Polnische Märchen und Legenden, gesammelt von Karl Dedecius. 262 Seiten. Leinen

Polen im Exil. Eine Anthologie. Herausgegeben von Krzysztof Dybciak. Übersetzt von Josef Bujnoch, Karl Dedecius, Armin Droß, Rolf Fieguth, Friedrich Griese, Elvira Grözinger, Gerda Hagenau, Hans-Peter Hoelscher-Obermaier,

NF 256/4/9.00

Rudolf von Jouanne, Veronika Körner, Andreas Lawaty, Winfried Lipscher, Brigitte Nenzel, Walter Panitz, Maryla Reifenberg, Christiane Reitz, Martin Remané, Walter Schamschula, Renate Schmidgall, Ulla Sörman, Klaus Staemmler, Ewald Trojansky, Hansjürgen Wille und Ludwig Zimmerer.
388 Seiten. Leinen

Polen zwischen Ost und West. Polnische Essays des 20. Jahrhunderts. Herausgegeben von Marek Klecel.
368 Seiten. Leinen / st 2590. 360 Seiten

Kazimierz Brandys. Warschauer Tagebuch. Die Monate davor. 1978–1981. Übersetzt von Friedrich Griese. Nachwort von Konstanty A. Jeleński. 371 Seiten. Leinen / st 2592. 370 Seiten

Maria Dąbrowska. Tagebücher 1914–1965. Auswahl und herausgegeben von Tadeusz Drewnowski. Übersetzt von Klaus Staemmler. 390 Seiten. Leinen / st 2591

Leszek Kołakowski. Narr und Priester. Ein philosophisches Lesebuch. Herausgegeben und Nachwort von Gesine Schwan. Übersetzt von Heinz Abusch, Wanda Bronska-Pampuch, Alexander Drożdżyński, Mikołaj Dutsch, Friedrich Griese, Eberhard Kozlowski, Peter Lachmann, Edith Marko-Stöckl, Christa Storck und Edda Werfel. 412 Seiten. Leinen

Janusz Korczak. Das Kind lieben. Ein Lesebuch von Erich Dauzenroth und Adolf Hampel. Übersetzt von Karl Dedecius, Armin Droß, Wolfgang Grycz, Winfried Lipscher und Katja Weintraub und von Shoshana Sachs. 291 Seiten. Leinen

NF 256/5/9.00

NF 256/6/9.00

edition suhrkamp
»Kultur und Konflikt«

Unter dem Titel »Kultur und Konflikt« ist 1994 eine Publikationsreihe des Forschungsschwerpunktes in der *edition suhrkamp* eröffnet worden, die von Wilhelm Heitmeyer, Günter Albrecht, Otto Backes und Rainer Dollase herausgegeben wird.

Das Gewalt-Dilemma. Gesellschaftliche Reaktionen auf fremdenfeindliche Gewalt und Rechtsextremismus. Herausgegeben von Wilhelm Heitmeyer. es 1905. 464 Seiten

Die bedrängte Toleranz. Ethnisch-kulturelle Konflikte, religiöse Differenzen und die Gefahren politisierter Gewalt. Herausgegeben von Wilhelm Heitmeyer und Rainer Dollase in Zusammenarbeit mit Johannes Vossen. es 1979. 507 Seiten

Bundesrepublik Deutschland: Auf dem Weg von der Konsens- zur Konfliktgesellschaft. Herausgegeben von Wilhelm Heitmeyer. Zwei Bände in Kassette. es 2004 und es 2034. 1138 Seiten

Verlockender Fundamentalismus. Türkische Jugendliche in Deutschland. Von Wilhelm Heitmeyer, Jochen Müller und Helmut Schröder. es 1767. 277 Seiten

Die Krise der Städte. Analysen zu den Folgen desintegrativer Stadtentwicklung für das ethnisch-kulturelle Zusammenleben. Herausgegeben von Wilhelm Heitmeyer, Rainer Dollase und Otto Backes. es 2036. 470 Seiten

NF 316/1/11.00